集英社オレンジ文庫

バケコミ！

婦人記者・独楽子の帝都事件簿

ひずき優

本書は書き下ろしです。

もくじ

イラスト／U35《うみこ》

バケコミ!
婦人記者・独楽子の帝都事件簿

第一話　恋の病

　都電の上野広小路駅《うえのひろこうじえき》から北西に歩いて五分。まずまず目立つ場所にある芝居小屋の、木戸口の奥に向けて、独楽子《こまこ》は声を張り上げた。

「ごめんくださーい」

　築数十年の木造二階建て。立派な構えの家屋である。頭上には物寂《ものさ》びた『吾楽座《ごらくざ》』の大きな額と、演目の額絵がずらりと並んでいる。入口の土間を囲む下駄箱《げたばこ》は半分ほどが履物《はきもの》で埋まっていた。

　すでに芝居が始まっているせいか、木戸番は席を外しており姿が見えない。すっかり日が暮れた頃合いである。雑多な商店や料理屋が建ち並ぶ周囲は帰路の勤め人でにぎやかだ。

　雑踏の喧騒《けんそう》に負けじと、独楽子は再び大きな声で呼びかけた。

「ごめんくださーい！」

　と、襖《ふすま》のない奥の部屋から「はーい」と快活な声が応じる。

帳簿《ちょうぼ》付けでもしていたのか、暖簾《のれん》をかき分けて姿を見せたのは、独楽子と同じ年頃の婦人である。

小奇麗《こぎれい》な棒縞《ぼうじま》の着物に印半纏《しるしばんてん》を重ねた、奥方然《おくがた》とした姿を見て独楽子は目を瞠《みは》った。

「冨美《ふみ》ちゃん？」

「え……」

相手も息をのむ。

「独楽ちゃん？　もしかしてあなた、独楽ちゃん⁉」

一瞬見つめ合った後、冨美は駆け寄ってきて、独楽子の手を取った。

「いやぁ！　なつかしい！」

「冨美ちゃん、ひさしぶり」

「本当よ、独楽ちゃん！　いつ帰ってきたの⁉」

騒ぎを耳にして、奥の部屋から、今度は五十がらみの婦人が顔をのぞかせる。

「ちょいと！　芝居中だよ。静かにおし！」

声を押し殺して注意してきた婦人に向けて、冨美が小さな声で返す。

「だってお母さん、独楽ちゃんよ。ほら！」

すると婦人は、鼻の頭にのせていた小さな眼鏡《めがね》を上げ、独楽子に目を向けてきた。

「おや、本当だ。すっかり変わっちゃって。――もう置屋《おきや》の娘にゃ見えないねぇ」

「当たり前よ、お母さん。なんたって独楽ちゃんは、新劇《しんげき》の女優さんなんだから！」

「はぁ、大したもんだ」

冨美と彼女の母親は、木戸口まで出てきて独楽子を上から下まで矯《た》めつ眇《すが》めつ眺めた。膝下丈のワンピースに革の婦人靴《ふじんぐつ》、あんず色の春物コートの肩で揺れる断髪。どれもこのあたりではまだまだ珍しい。冨美は頰《ほお》を上気させて両手を組んだ。

「色んな舞台に立ってるんですって？　こま屋の女将《おかみ》さんが自慢してたわよ」

「冨美ちゃんも元気そうでよかった」

「元気よ！　あたしは元気しか取り柄がないから。五年前に婿《むこ》を取ったの。今は家業と子育てに追われているわ。独楽ちゃんは？　相手はやっぱり役者さんか、作家先生？　いいわぁ、はなやかねぇ」

下町の女らしい流れるようなおしゃべりで、無遠慮《ぶえんりょ》にずけずけと踏み込んでくる。結婚していて当然とばかりの、何気ない言葉に胸をえぐられた。しかたがない。独楽子も冨美ももう二十五だ。一般的な感覚では、子供の一人や二人いてもおかしくない。

悪気は一切感じられない――きらきらと瞳を輝かせて独楽子をうらやむ彼女の前で、独楽子は追い詰められた心地になる。

そうとも知らず冨美は無邪気に訊ねてきた。

「あたしの顔を見に寄ってくれたの？」

「あ、え、えぇ、そうなの……」

本当はちがう。古い知り合いで、この芝居小屋の跡取り娘である彼女に頼みがあって来たのだ。

だが――。

独楽子は今すぐにそこから走って逃げだしたい気分になった。

（だって、言えない……！）

まさに先週、四年も交際していた男に捨てられた上、所属していた劇団をクビになったなんて言えない。

その男のために身の回りの品をことごとく質《しち》に入れてしまったため、文字通り身ひとつで実家に転がり込んだなんて言えるはずがない。

加えてその男のために方々に借金までしていて、合わせて二百円ほどを早急に返さなければならないなんて口が裂けても言えない。ちなみに平均的な女性の月給の半年分よりなお高い。

置屋の女主人である母は、家にいるのはかまわないが、独り立ちした娘をいつまでも養う義理も余裕もないので、早急に嫁《とつ》ぎ先を探すか、あるいは自分の食い扶持《ぶち》を自分で稼《かせ》いでこいと水をまいて追い立ててきた。

結婚など断じてご免である。もう金輪際《こんりんざい》恋愛なんかしない。

となれば働くしかないと、この五日間足が棒になるまで職探しをしていたのに、ひとつも見つからなかっただなんて——否《いな》。口入屋《くちいれや》の紹介で女中の仕事にありつき、今朝からさっそく勤めに出たものの、その家の十七になる息子に物置に引っ張り込まれそうになり、全力で抵抗したところ怪我《けが》をさせてしまいクビになったなんて。

（……言えっこない……！）

どこまでも落ち込んでいく自分の襟首《えりくび》をひっつかむ思いで、独楽子は自分を叱咤《しった》した。

（しっかりして！　四の五の言ってる場合じゃないでしょう！）

そう。今はのんきに落ち込んでいられる状況ですらない。何とかしなければ日一日と負《ふ》債《さい》は増えていく一方だ。

独楽子はこぶしを握りしめた。気は進まないが、背に腹は替えられない。ここに来た目的を正直に話そう。

「冨美ちゃん——」

まっすぐに目を見つめると、その剣幕にただならぬものを感じたのか、冨美はちょっとひるんだように応じた。

「な、なに……？」

「私をここで働かせてもらえないかしら⁉」

「は⁉」

目を真ん丸にして驚く彼女に、必死の形相《ぎょうそう》で詰め寄る。

「とにかく何でもいいから仕事！　仕事を見つけないとならないの！」

ずいっと顔を近づけて、独楽子は切羽《せっぱ》詰まった事情を長々と洗いざらい吐き出した。

赤裸々《せきらら》すぎる告白を、冨美は深い同情を込めて耳を傾けてくれたものの、最後には首を横に振る。

「無理よ。ウチにかかるのは小芝居や落語だし、新劇の女優さんが出るような舞台じゃないわ」

「舞台に立てなくてもいいの。履物整理でもお茶子でも何でもやるわ！」

「そうは言っても、今は人手が足りているし……、そもそもお茶子なんて女学校を出た人のする仕事じゃないでしょう」

「そこをなんとか！　お願い！　働ければ仕事の内容は気にしないから」

と、冨美の母親が割って入ってくる。

「それこそあんた、お座敷に出たらどうだい？　細棹《ほそざお》いけるんだろう？」

つまり実家を頼って芸妓《げいぎ》になれというのだ。独楽子は首を横に振った。

「私の三味線《しゃみせん》なんて子供のお稽古事《けいこごと》ていどです。人に聞かせるようなものじゃないし、それに芸妓は芸妓で支度《したく》に色々とお金がかかるので」

着物や装飾品、お稽古代。独楽子の場合、鬘《かつら》も必要になる。

断髪を左右に揺らす独楽子に、冨美もうなずく。

「まぁ、そうねぇ……」

こちらの様相から崖《がけ》っぷちまで差し迫った事情を察したのだろう。彼女の目には深い同情が浮かんでいた。だが。

冨美はそれでも、すまなそうに首を振る。この五日間いやというほど見てきた反応だ。

(やっぱり無理か……)

みんな同情はしてくれるのだ。だがそれが仕事につながることはない。

遠まわしな断りの言葉を、独楽子はすり減った矜持《きょうじ》がますます削《けず》られる思いで聞き、そして無理やり浮かべた笑顔でうなずいた。

「わかったわ。変なことを頼んでごめんなさい。気にしないで。もうちょっと探してみるから……」

芝居小屋から不忍池《しのばずのいけ》に沿って西へ進んでいくと、ほどなく街並みの様相が少し変わる。軒《のき》がふれ合わんばかりに建物がひしめく中、路地は俥《くるま》が入れないほどせまくなり、銀杏《いちょう》返《がえ》しやら島田《しまだ》やらに髪を結い、白塗りの顔に艶《あで》やかな着物をまとった芸妓の姿が増えていく。また肩を寄せ合い歩く男女の多いこと。風紀を気にする人が見れば眉《まゆ》をひそめるだろう。

　だが独楽子にとっては見慣れた光景だった。

　不忍池の畔《ほとり》にあることから別名池之端《いけのはた》とも呼ばれる下谷数寄屋町《したやすきやまち》は、浅草《あさくさ》や向島《むこうじま》と並んで花街《はなまち》が広がる東京の下町である。ことに夜、ずらりと並ぶ料亭や待合《まちあい》の軒燈《けんとう》が蓮《はす》の花咲く不忍池の水面《みなも》に映る様は、下町花柳《かりゅう》の風情《ふぜい》として広く知られている。

　独楽子はここで育った。

　母の菊《きく》は『こま屋』という小さな置屋をやりながら、自身も福駒《ふくこま》という名で左褄《ひだりづま》を取っている。

　通常、芸妓の娘は芸妓になるものだ。だが独楽子はちがった。唄も踊りも三味線も、子供の頃にひと通り稽古をつけられたものの、どうにも興味を持てなかった。人付き合いは得意なほうだが、見知らぬ男に愛嬌《あいきょう》を振りまくのは苦手である。ようするにお座敷に向いていない。

　小学校を卒業した後、女学校で勉強を続けたいと言うと、花街の大人たちは一様に驚いていた。だが菊は「これからは女にも学があったほうがいい」と反対しなかった。

　加えて外地へ戦争に行って死んだ実父に代わり、菊の――福駒の旦那《だんな》が、父親のように目をかけてくれたというのもある。大店《おおだな》の隠居《いんきょ》にして道楽者でもある彼のおかげで、独楽子は子供の頃から歌舞伎《かぶき》や文楽《ぶんらく》に親しんだ。そして女学校に入って間もない頃、完成したばかりの帝国劇場《ていこくげきじょう》で『ハムレット』を観て以来、新劇にすっかり心を奪われてしまったのである。

女学校を卒業するや劇団の門をたたき、それ以降、新劇の舞台にすべてを傾けた。ちょうど新劇の人気が高まっていた時期でもあり、劇団は年を追うごとに拡大していった。独楽子もまた、いつか大女優にという夢を抱き続けていた。

そして気づけば二十五歳。同世代の女性は妻として母として、社会の中で己の役目を果たしているというのに、独楽子はまだ何も為《な》していない。

それでも独楽子は走り続けていた。一生懸命走り続ければ、どこかにたどり着けると信じて。

まさかその道がある日突然閉ざされるなど、夢にも思っていなかったのである。

三味線の音や唄、笑い声があちこちからも聞こえてくる。

宵《よい》の口《くち》の花街を歩いていた独楽子は、あんず色のコートの前を閉じてボタンを留めた。彼岸桜《ひがんざくら》がようやく咲きかけた時分である。日が落ちるとまだ肌寒い。加えて洋装が人目を引くせいでもある。

明治以降、都市部に押し寄せた西洋化の波も、下谷の下町にはまだ届いていない。男はともかく、行きかう女は全員着物姿だった。

（劇団では逆に洋装が流行《はや》ってたけど……）

何しろ慣れてしまうと洋服は着るのも脱ぐのも楽である。それに洋服をまとっているだけで、世間は憧憬《しょうけい》の眼差《まなざ》しを向けてくる。日常の自分を演出する手段としても、女優たちの間で洋服は人気だった。

とはいえ店で売っているものは高くて手が届かない。よって自分で作るのが常である。互いに型紙や生地を融通《ゆうずう》し合い、持っている人にミシンを借りて、自分だけの一枚を作るのだ。そう考えると着るのは楽だが、作るまでに手間がかかる。

だがそうして作った洋服を身に着け、鏡に姿を映した時の喜びはひとしおだった。さらに大切な人に見せる時の高揚《こうよう》ときたら――

（やめやめ！）

頭を振って物思いを追い払う。

先週まで、独楽子には将来を誓い合う相手がいた。同じ劇団に所属していた看板俳優・竹田洋司《たけだようじ》である。

とにかく顔がいい。おかげですこぶる女性に人気だったが、それはさておき己の芸を磨《みが》かんと注力する姿に惚《ほ》れこんでいた。彼が舞台に集中できるよう尽くしに尽くし、貢《みつ》ぎに貢いだ。たまに気に入った客や新人女優に手を出しているのにも目をつぶった。そんな独楽子に、彼もことあるごとに『いつか一緒になろう』と言ってくれていた。それなのに。

ああ、それなのに！

『梅竹《ばいちく》のキネマ撮影所に入ることになった。入所にあたって身辺を整理しろって言われたから、すまないが一度別れてくれないか？』

独楽子の手をにぎりしめ、この上なく真剣な面持《おもも》ちで洋司はそうのたまった。

『有名になったら誰と付き合おうと文句を言わせない。その時に迎えにいくよ。僕らは一緒になる運命なんだから。必ず迎えにいく』

彼は役者だ。眼差しを情熱に輝かせ、息をするように嘘をつく。指示されて速やかに整理する程度の相手に対してすら。手をにぎられたまま、独楽子は凍りついた頭の片隅で考えた。つまり彼にとって独楽子は、結婚してけじめをつける相手ではないというわけだ。

思えば不審な点は以前からあった。金に困っている様子はなかったのに、独楽子がそれとなく結婚をほのめかすたび、『先立つものがないから、今所帯を持っても幸せにできない』、あるいは『女優としての君の活躍の方が大事だ』、さらには『僕らはもう結婚しているも同然じゃないか』など、それらしい言葉を並べて逃げてきた。だが恋とは恐ろしいもので、独楽子は彼の言うことを頭から信じていた。それだけ自分との将来を本気で考えてくれているのだと思っていた。――実際は正反対だったにもかかわらず。

だが、さしもの一途《いちず》な独楽子も『一度別れてくれないか？』で目が覚めた。

『運命なら、今一緒になればいいじゃないの！』

そう怒鳴り散らし、洋司につかみかかろうとして周囲に止められた。意地でも別れるものかと大暴れを続けるうち、気づけば外に追い出され、あげくクビを言い渡されていた。劇団としてもキネマ俳優を輩出したとなれば箔《はく》がつく。何としても無事に送り出したかったのだろう。が。

「どう考えても向こうが悪いのにぃぃぃ！」

物思いの中でぶり返した怒りに声を張り上げる。往来で急に叫び出した独楽子を、道行く人々が遠巻きに避けていく。

独楽子は「はぁぁ」と大きくため息をついた。

「困ったわ。こんなに仕事が見つからないなんて……」

大正の世になり早十年。国際連盟への加入を果たし一等国の仲間入りをしたと浮かれ、職業婦人は時代の先端をいく女性像としてもてはやされている。一方で婦人解放は遅々《ちち》として進まず、女性の大学進学はごくわずか。

「女が就《つ》ける仕事は限られているのよねぇ……」

女中にたどり着くまでの五日間、新聞の求人広告にくまなく目を通し、職業紹介所に通い、あらゆる求人に応募したのだ。

事務員、電話交換手、各種店員、カフェーの女給まで。だがどの求人も断られた。担当者の対応から、はっきり書かれていないだけで、募集しているのは二十歳《はたち》になるやならずやの若い娘だということが伝わってきた。

かといって、比較的年齢を問わない看護婦や美容師になるには特別な勉強が必要だ。今から始めるには遅すぎる。

それでなくても世間はどこも、昨年の株価大暴落に端を発した不況にあえいでいる。特別な知識も技術も持たない身に、二十五という年齢が壁となって立ちふさがった。

五日間、延々と求職を断られ続け、事の深刻さが身に染みた。こちらに仕事を選ぶような余裕はない。就ける仕事があれば、それが何であれ就くしかない。

その結果の冨美への歎願《たんがん》だった。が、それも不首尾《ふしゅび》に終わった。いったいどうすればいいのか。

（いっそのこと別の劇団に――）

そう考えないでもなかったが十中八九、望み薄だろう。

十七で演劇の世界に入ってから、自分なりにずっと努力してきた。だが蓋《ふた》を開けてみれば何も残っていない。当たり役にも恵まれず、一方で新しい若い女優がどんどん入ってくる。

他の門をたたいたところで、二十五で無名の独楽子を迎えるところなどあるかどうか。

「こんなことなら女優なんてバカな夢を見ずにタイピストでも目指すんだった……！」

そうすれば今すぐにでも高給の仕事にありつけただろうに。まさに後悔《こうかい》先に立たずだ。

歩きながら天を仰《あお》いだ時、向かいからやってきた人物とぶつかりそうになった。驚いて謝ろうとしたところ、頭上から朗《ほが》らかな声が降ってくる。

「独楽ちゃんじゃないか！」

料亭の軒下に吊られた提灯《ちょうちん》が、三十になるやならずやの洋装の男を照らす。その顔を見て、独楽子は驚きの声をもらした。

「清隆《きよたか》さん……」

「久しぶり」

ジャケットを片腕にかけた男が気さくに手を上げる。

名を久我《くが》清隆といい、地元の時計商の息子である。粋人《すいじん》の父親に連れられて、子供の頃から花街《はなまち》に出入りしていた、独楽子にとっては五つ年上の昔なじみ。子供の頃はよく遊んでもらった。

「すっかりハイカラになったなぁ」

独楽子の洋装をしげしげと眺めて、清隆はくしゃりと笑う。一見立派な大人だが、そうして笑うと子供の頃と変わらない。際立《きわだ》った美男子というわけではないが、笑い顔は爽《さわ》やかだ。

「これしか持っていないだけよ。――清隆さんは？　遊びに来たの？」

花街で会った男にその質問も野暮《やぼ》かと思われたが、意外にも彼は首を振って背後を指さした。

「いや、仕事だ。そこの喜久亭《きくてい》で密談があったと聞いて取材に」

「へぇ、取材……」

そういえば清隆は大学を卒業してから新聞社に入社したと、菊に聞いた気がする。以来、記者として東京中を飛びまわっているとか。

「ご活躍ね」

「まぁね。貧乏ヒマなしさ」

口ではそう言いながら、笑顔には陰がない。きっとやりがいのある仕事なのだろう。

新聞はラジオと並び、庶民《しょみん》が日々の情報を仕入れるのに欠かせない媒体《ばいたい》である。ことに大正の世になってからは、それまで公共の場で読んでいた新聞を家で読む風習が定着し、どの新聞も飛躍的に部数をのばしているという。そう考えれば、記者は今を時めく仕事と言っていい。

その瞬間、独楽子の脳裏《のうり》であることがひらめいた。

「婦人記者！」

「え？」

「い、いいえ、何でも……」

思いつきが飛び出してしまった口をあわてて押さえる。

婦人記者は、職業婦人のなかでも花形のひとつだ。仕事は、取材をして記事を書く。それだけ。自分にもできそうだ。こう見えて昔から芝居のみならず文学にも親しんでいる。筆は立つほうだ。

独楽子の中で、真夏の雲のようにむくむくと大きな希望が湧き上がった。

そうだ。これだ。これしかない。

「清隆さんが働いているのって東日《とうにち》新聞よね？」

「あぁ」

正式名称は東京日出《とうきょうひので》新聞。その名の通り全国紙ではない。ますますいい。独楽子はずいと顔を近づけた。

「就職の口ってないかしら？」

「え？」

ぽかんとする清隆の前で、音を立てて両手を合わせる。

「私、劇団をクビになって働き口を探しているの！　どうしても近日中に仕事を見つけなきゃならないのよ！」

「いや、ウチはダメだよ……っ」

当然と言うべきか、彼は首も手も大きく横に振る。だが独楽子には後がない。両手をこすり合わせ、必死の形相《ぎょうそう》で拝む。

「お願い！　私を会社に連れていって！　売り込みは自分でするから！」

「無理だって！　昨今の新聞の販売競争は、そりゃあ厳しいものなんだ。ウチみたいな弱小紙はいつ潰れてもおかしくないくらいで……」

「そこを何とか！　会社に連れていってくれるだけでいいわ。後は自力で何とかする！この通り！　ね？」

冷静に考えれば、これまでろくな職に就いていなかった身で、婦人記者として肩で風をきって歩く未来を夢見るなど、およそ現実的でないと分かる。しかしこれを逃せばまたあてのない求職の日々が待ち受ける独楽子は、降ってわいた好機に何が何でも食らいつくつもりでいた。

相手が清隆だったからというのもある。待合《まちあい》の帳場《ちょうば》で父親を待つ間、近所の子供たちを集めて遊んでいた時分から、彼はみんなの良き兄貴分だった。人に何かを頼まれると拒《こば》めないタチなのだ。必死に懇願《こんがん》すれば言うことを聞いてもらえると、子供の頃の感覚として覚えている。

結局、その後もごねにごねた独楽子が、かなり強引に押し切る形で清隆から無理やり約束をもぎ取る。翌日、銀座《ぎんざ》にある新聞社の編集部に二人で向かうことになった。

平日の昼間だというのに、銀座は多くの人で混み合っていた。どこまでも続く煉瓦《れんが》造りの街並みは、いつ見てもここが日本であることを束《つか》の間《ま》忘れさせる。

日本有数の商業地であるこの一帯は、明治五年に起きた大火災によって一度は失われた。その後政府主導の再建が行われ、近代化の象徴としての、まるで西洋のような見事な煉瓦街に生まれ変わった。それは五十年近くたった今も変わらず、煉瓦敷きの歩道や街灯、街路樹は美しく整備され、広々とした大通りには路面電車が行き交っている。

洋食店、パン屋、時計商、洋品店、西洋家具店など、舶来品《はくらいひん》を扱う店が軒《のき》を連ねる他、百貨店の進出も目覚ましい。道行く人々の中には男女を問わず洋装が目立つ。

鉄道の駅や官庁とも近い立地から、新聞社が集まる場所でもあった。何でも明治の頃には百もの新聞社が林立していたという。

「だから言ったろ、無理だって」

「うぅ……」

翌日の正午近く。独楽子は六丁目にあるカフェー「パウリスタ」で、がっくりと肩を落としていた。向かいに座るのはもちろん清隆である。ここは彼が仕事でよく使う店らしい。

西洋風の広間のような店内には、異国風のテーブルと曲木椅子《まげきいす》が並べられ、馥郁《ふくいく》たるコーヒーの香りに包まれていた。カフェーといえばモダンな人々が集まる印象があるが、ここは洋服のサラリーマンも目立つ。おまけに給仕は少年だ。洋食メニューや、美人の女給が売りの他の店とちがい、安価にコーヒーを楽しめる庶民的な店であり、夕方になると学生の客も増えるという。

カップに口をつけつつ、清隆は慰めの言葉をかけてきた。

「勢いはよかったんだけどな」

「押せば何とかなるかと……」

独楽子はテーブルに肘をついて頭を抱える。

東京日出新聞は、五大新聞社のような大手ではなく、社長が主筆《しゆひつ》を兼ねる地域紙である。必死に頼み込めば雇ってもらえるのでは。そんな期待が少しだけあった。

だがしかし甘い見立ては、主筆兼社長による鉄壁の防御の前にもろくも砕《くだ》け散った。丸《まる》眼鏡《めがね》をかけた主筆は、まるで地蔵のごとく、独楽子の熱心な売り込みにもびくともしなかった。

昨今の不況により経営は火の車。今いる社員の首を切るか切らないかの瀬戸際《せとぎわ》であり、とても新しい人を雇える状況にない。どうしてもというなら記事を書いて持ってきなさい。掲載に足る記事であれば買い取ろうじゃないか。

付け入る隙《すき》のない口ぶりで一方的に言い、さっさと応接の席を立った。ようは体《てい》のいい門前払いである。

清隆は考えるそぶりで窓の外に目をやった。

「不況のせいで経営が苦しいのは確かだけど、本当は独楽ちゃんが女性だっていう理由も大きいと思う」

確かに編集部にいたのは全員男性記者で、女性は一人もいないようだった。思い返して首をかしげる。

「どうして女だといけないの？」

「ウチはいちおう硬派で売ってるからな。女性が書く生活感のある記事を下に見る傾向があるっていうか……」

生活感、と言われて独楽子も気がついた。そもそも巷《ちまた》に出回る新聞の中で、婦人記者が手掛ける記事といえば、大体が家事や育児についての家政記事と相場が決まっている。もしくは著名人を訪ねて取材する訪問記事だが、それも取材対象は女性に偏《かたよ》りがちだ。どうしても女性の立場、女性から見た社会を論じる内容になってしまう。

「それが男性の書く記事よりも下だっていうの？」

「そういうわけじゃないけど……、どうしたって男が書く事件報道や政治評論のほうが記事としてメインになる」

彼自身、その状況に意見があるようだ。清隆は言った。

「正直ウチは売れてない。たぶん読者の求める情報と、記者が届けようとしている情報との間に差異があるんだ。女性の社会進出が進む時代に、婦人記者を排除するようではその差は埋まらない。——と、俺個人は思うんだが……」

　独楽子は肩を落としてため息をつく。

「能力や職歴以前に、そんなことで躓《つまず》くなんて……」

　こうしている間にも洋司はスターへの階段を昇っているに違いない。そう考えるとひときわ惨《みじ》めな気分になった。今頃、洋司は何をしているのだろう。活動写真の撮影に夢中になって、独楽子のことなど思い出しもしないのではないか。

　それなのにどうして自分は、こんなところでうらぶれているのだろう。根こそぎもぎ取られた自尊心がじくじく痛む。

　うなだれる独楽子の向かいで、清隆が敷島《しきしま》を一本取り出してくわえ、火をつけた。マッチを振って火を消しながら訊ねてくる。

「そんなになりたかったのか？　新聞記者」

「ええ、そうよ」

　しかし彼が考えているような理由からではない。

　独楽子はくちびるを嚙《か》んだ。本音を言えば、新聞記者にこだわるのは「婦人記者」と呼ばれたいせいだ。

　職業婦人の中でもとりわけ目立つその肩書があれば、洋司を見返すことができる。自分を捨てた彼といつかどこかで再会した時、「あんたと別れたくらい、大したことじゃなかったのよ」と言ってやれる。それこそが、降って湧いたチャンスに食らいついた最大の理由だった。とても清隆には言えない。

まずまず裕福な家に生まれ、当然のように大学に行き、新聞記者として立派に働いている彼は、三十になった今も正義感が強く、屈託がない。頼もしく、信頼できる相手だが、支えとするものを失った人間の惨めな恨み言を理解できるとは思えない。

（本当にいやだわ。こんなこと考えるなんて……）

自己嫌悪に、うなだれた首がますます下がる。

思いつめた顔で黙り込む独楽子を見て何を思ったのか、彼は「そうだなぁ……」と思案する様子だった。

「ひとつだけ、可能性がないでもないが」

「無理よ」

記者としての経験も、これといったネタの心当たりもない独楽子に、硬派な新聞づくりに徹する人間を納得させる記事なんて書けるはずがない。

だが清隆は「まぁ、聞くんだ」と煙をはいて身を乗り出してきた。

「過去には女性の書いた記事が好評を博し、広く世間の注目を集めた例もある」

「本当？」

「化け込み記者って聞いたことあるか？」

「化け込み……？」

聞き慣れない言葉に独楽子は首をかしげる。

清隆は言った。

「仮装記者、記者探偵、色んな呼び方があるが、ようは素性《すじょう》を隠し、別人になりきってどこかに取材に入り、見聞きした内情を記事にする記者のことだ。名前だけでなく、髪型や装《よそお》いまで変える場合もある」

「なんだか節分《せつぶん》お化けみたいね」

花街《はなまち》には、節分の日に異装で客を迎える遊びがある。元々は節分の日に寺社を詣《もう》でる際、鬼や怪異を避けるための風習というが、自分でないものに扮《ふん》する「お化け」は楽しいものだ。

だがそうやって別人になってどこかに潜り込み、取材をするというのは、なかなか大変そうな――

「あ……！」

独楽子は思わず声を上げた。思い出したのだ。以前「化け込み記事」なるものを目にした覚えがある。女学生の頃、近所のお姐《ねえ》さんたちが読んでいた風俗誌をのぞいた時のことだ。

確か婦人記者が新造《しんぞう》に化けて遊廓《ゆうかく》に潜入する内容だった。遊女が並んで客を待つ張見世《はりみせ》にまで顔を出すも、正体を見破られそうになり、慌てて逃げ出して終わったはずだ。もし客に買われたらどうするつもりだったのか。ハラハラしつつ、あっという間に最後まで読んでしまった気がする。

展開の緊迫感もさることながら、普段縁のない世界をのぞき見る感覚は、確かに新鮮でおもしろかった。

独楽子の言葉に、清隆は煙草をくゆらせて「そうだろう」と笑った。

説明によると、明治の二十年代には記者が身分を伏せて社会の下層に入り込み、見聞きした貧民の窮状《きゅうじょう》を報告する社会派の記事が存在した。

だが「化け込み記事」が一躍脚光を浴びたのは、それから時を経て明治末期。『大阪時事新報《じじしんぽう》』の婦人記者・下山京子《しもやまきょうこ》による『婦人行商日記　中京の家庭』の連載が始まってからだという。行商に化けて大きな家を渡り歩き、そこで目にした上流婦人の素顔を赤裸々《せきらら》に綴《つづ》った記事は大変な反響を呼び、新聞の販売部数を押し上げるまでに至ったそうだ。

独楽子は感嘆《かんたん》の息をついた。

「そんなにすごい婦人記者がいたのね……」

「あぁ。だが化け込み記事は、記者からは軟派記事と見られがちで、ウチみたいに政論新聞の流れをくむ新聞には書き手がいない。だからこそ狙い目だ」

「狙い目――」

「言ったろ。人気を取りやすい読み物だから、書いて提出すれば無下《むげ》にはされないはずだ」

「私がその、化け込み記事を書くの……？」

とまどいまじりに返すと、清隆はニッと笑う。

「得意だろう？　他人になりすますのは。何しろ元女優だもんな」

「――……！」

ようやく独楽子は清隆の意図を察した。

彼の言う通りだ。記者であることを隠し、別人として場に溶け込むのは、いわば台本のない芝居をするようなもの。それなりの演技力と度胸、ついでに慣れが必要だ。実に自分向きである。

清隆は人差し指を立てて言った。

「そもそも軟派記事とバカにするが、誰にでもできるってもんじゃない。事実パッとしない化け込み記事も多い」

おもしろい読み物にしたければ、化け込み先に「社会に提起すべき問題」か、あるいは「のぞき見趣味を満足させる意外性」、もしくは「読者の共感を得る物語」のどれかを見つけなければならない。――というのが彼の意見だった。

独楽子はコーヒーカップをまわしてつぶやく。褐色《かっしょく》の液体が緩《ゆる》い渦《うず》を巻く。

「物語……。化け込み先で……？」

「そうだ。小説と違って、実際に記者の目の前で起こる物語だ。なかなか刺激的じゃないか？」

「確かに」

「東日《ウチ》の場合、醜聞一辺倒《しゅうぶんいっぺんとう》の記事だと掲載は難しいだろう。となると化け込む先をよく選ぶ必要があるが……」

その時、ガンガン、とカフェーの窓がノックされた。ガラスの向こうには背広を着た男がおり、清隆に向けて外に出ろという身振りをする。

清隆は吸いさしの煙草を灰皿に押しつけると、テーブルに置いていた中折れ帽子を手に取った。

「すまん、同僚の記者だ。行かないと」

あわただしく席を立った彼は、勘定《かんじょう》をして振り返りもせずに店を出ていく。

いい人だ。職業婦人が増えてきているとはいえ、一般的にはまだ女性が働くことへの批判的な意見や偏見のほうが圧倒的に多い。こんなにも親身に相談に乗ってくれるなんて思いもしなかった。

独楽子はボーイを呼んで、カフェーの入口に並べられていた新聞を取ってきてもらった。

普段から時間のある時には目についた新聞を読んでいる。といっても東日のような堅い新聞ではなく、庶民《しょみん》的な大衆紙である。それも事件や事故、天災についての記事や、家政記事、人生相談といった箇所《かしょ》くらい。

多くの新聞、多くの記事があったとして、人間誰しも自分に関係がある、あるいは興味のある記事しか読まないのではないか。

とすると、おもしろい記事とは何だろう？　どうすれば掲載したいと思われる記事を書けるのだろう？

そんなことを考えながら記事に目を通し、やがて我に返って新聞を放り出した。

「何を真に受けているの……」

すぐにでも働き始めなければならない現状、婦人記者に固執するべきではない。化け込み取材なんて時間と労力を取られるだけ。上手《うま》くいかない確率のほうが高い博打《ばくち》のようなものだ。そんな可能性に賭《か》けるより、着実な職探しをしなければ。

（でも――）

放り出した新聞を、独楽子はきれいにたたんだ。婦人記者になれれば洋司にふられた気持ちも慰められる。そんな未来への未練から、新聞を返しにいくこともせず、なんとはなし紙面に落としていた独楽子の目が、ふと一点で留まる。求人欄《らん》である。

「西洋舞踏ノ講師　求ム」

そこには、令嬢に西洋舞踏——すなわち社交ダンスを教える人材を求める文字が、他の求人と共に並んでいた。


わずか三日後、独楽子は、東京は根津《ねづ》神社に続く裏門通りから少し入ったところにあるお屋敷の前に立っていた。

西洋風の豪壮な鉄門の向こうへ、鍛え上げた声を張り上げる。

「ごめんくださーい！」

「誰かいませんかー？」

銀座のカフェーに置かれていた新聞で求人を見た独楽子は、すぐさま身上書を送った。

翻訳《ほんやく》ものの脚本がメインの新劇には、外国の上流階級を舞台にした作品が多い。その中にはたびたび舞踏会シーンが出てくるため、劇団はよく白系露人《はっけいロシアじん》の講師を招き、所属の俳優たちに舞踏のレッスンを受けさせていたのだ。もちろん独楽子もできる限り参加した。

社交ダンスはひと通り習得している。

「まるで私のためっていうくらい完璧《かんぺき》な仕事じゃない⁉」

鏡に向けてそう語りかけるほど、求人との出会い方も運命的だった。

これはかなりの高確率で採用もありうるのでは——。浮かれ気分で返事を待っていると、ほどなく先方から面接の日時を伝える手紙が届いたため、張り切ってやってきた次第である。

　独楽子はささっとコンパクトを開き、おかしなところがないか確認した。容姿の中でとかく目立つのは、濃い眉《まゆ》だった。そしてきりりと引き締まった口元。「意志が強そう」とよく言われる。もっと言えば「気が強そう」とも。しかし西洋風の化粧《けしょう》をすれば、そんな特徴もモダンな女性像にぴったり収まる。断髪にはこてを当て、きれいにカールさせた。

　身にまとうのは、シックな水玉模様のワンピースに小さな婦人帽、そしてスウェードの春物コートである。どれも富美を通じ、芝居小屋と縁のある劇団から借りたものだ。ようは芝居の衣装である。だが。

「洋装で来てよかった……」

　目前にした依頼主の邸宅もまた、思っていた以上にすてきな洋館だった。門から玄関までは煉瓦《れんが》敷きの車道がのび、両側には手入れのされた芝生《しばふ》が広がっている。表札には「多《た》田《だ》」とあった。

「心なしか家名まで景気がいいわ」

　調べたところ屋敷の主人である多田剛三《ごうぞう》は海運業を営《いとな》んでいるようだ。もとは零細《れいさい》の船主だったが、日露戦争と世界大戦というふたつの好景気に乗って巨万の富を成した船成金《ふなりきん》である。

こんなお屋敷の求人とは、一体どのくらいの倍率なのだろうか。独楽子は実際の舞踏会に参加したことはなく、社交ダンスの専門家というわけでもないが、そのへんはぼかして強気で売り込もう。

鉄門を両手でにぎりしめて中を覗《のぞ》き込んだ時、ちょうど奥の車庫から車が出てきた。車は一度停まり、運転手が門を開けに出てくる。その人に声をかけて事情を話したところ、車から恰幅《かっぷく》のいい男が降りて近づいてきた。

「おぉ、あんたが独楽子君か！」

ステッキをついて歩く姿はさながら現代の恵比寿天《えびすてん》のよう。和装に外套《がいとう》、山高帽《やまたかぼう》はともかくとして、黒縮緬《くろちりめん》の兵児帯《へこおび》に太い金鎖をきらめかせ、両手の指にもそれぞれ分厚い金の指輪をつけている。

「いい名前じゃないか。よく働いてくれそうで実にいい。娘の蝶子《ちょうこ》ともうまくやってくれるだろう」

どうやら多田剛三本人のようだ。独楽子は慎《つつ》ましくもはっきりとうなずいた。

「はい、それはもう！　女学校時代は友人の多いことが自慢で。加えて私、（舞台上で）舞踏会に参加した経験も豊富で――」

「そりゃあけっこうだ。よし、採用！」

「え？」

朗《ほが》らかな返答に、思わず声を上げてしまう。まだまだ、これから売り口上《こうじょう》を並べようとしていたところだというのに。

「あの、……つまり、私をお嬢様のダンスの講師に?」

「あぁ、採用、採用」

多田は笑顔で何度もうなずいた。

「ありがとうございます……」

心から願っていたこととはいえ、あまりにも簡単に事が進んだため、かえって拍子抜けしてしまう。

そんな独楽子に向け、多田は洋館を指さした。

「蝶子は中にいる。あとはよしなに。——おぅ、行くぞ」

そう言うと、彼は運転手がドアを開けた自動車に乗り込み、そのまま出発してしまう。

独楽子は深くお辞儀《じぎ》をして見送った。その後、玄関に向かったところ、様子をうかがっていたらしい五十がらみの女中が頭を下げてくる。

「ハツと申します。ささ、中へどうぞ」

ハツに続いて屋敷の中に入っていくと、屋敷内部も基本的には洋風の華麗《かれい》な造りであった。

漆喰《しっくい》の壁に焦げ茶の腰板、窓は大きく、一部はステンドグラスで飾り付けがされている。

各部屋の天井には洋風の美しい照明が据えられ、異国風の絨毯《じゅうたん》が床を覆《おお》い、その上に舶来《はくらい》の家具調度が置かれている。二十人ほどを招き入れることができそうな広い居間には、天鵞絨《ビロード》のソファセットや人の背丈ほどの立派な振り子時計、蓄音機《ちくおんき》、大理石の胸像までが飾られていた。

劇団にいた頃、何度かお金持ちの屋敷に赴《おもむ》いたことがあるが、そのどれにも負けず劣らずの豪華さだ。

板敷の廊下《ろうか》を歩きながら、独楽子は物珍しさにきょろきょろと首を巡らせた。

「旦那様《だんなさま》とお嬢様のほかに、どなたかご家族はいらっしゃるのですか？」

「いるといえばいるし、いないといえばいませんね」

ハツは謎かけのような答えを返してくる。それによると、主人の剛三はいつも妾宅《しょうたく》に入りびたってほとんどここには戻らず、大学生の長男も友人の家やら廓《くるわ》やらをフラフラするばかりで、てんで姿を見かけない。剛三の妻は子供を置いて実家に戻って久しく、現在この屋敷に暮らしているのはお嬢様ひとりであるという。

「まぁ……」

独楽子は絶句した。この広いお屋敷にひとり暮らし。使用人がいるとはいえ寂しかろう。

ハツも顔を曇らせて首を振る。

「蝶子お嬢様は数えで十五歳。昔から食が細く虚弱な質《たち》で、女学校も休みがちでいらっしゃいます。いつもおひとりで過ごされているので、若い女の先生が来てくださって、きっと喜ばれますよ」

「食が細くて虚弱……。ひとりぼっち……」

まさに女学生の頃、同級生とまわし読みをした少女雑誌の小説に登場した深窓《しんそう》の令嬢そのものではないか。そんな人間が実在するとは――そして自分が関わることになろうとは、今の今まで想像もしなかった。

立派なお屋敷の中を見まわし、独楽子は頭の中で計算する。

職業・西洋舞踏の講師。並びに大きな屋敷に一人で暮らす身体《からだ》の弱い令嬢の話し相手。人に誇れる仕事である。おまけにこれだけのお金持ちだ。給金も期待できるだろう。勝手の分からない新聞記者を目指すよりはるかに現実的である。お嬢様が大人になり講師が必要なくなってからも、知り合いに紹介してもらえれば、続けていけるはず。

(いいかもしれない……！)

「やっぱり、これが私の運命の仕事なのかもしれない……！」

「え？」

「あ。いえ、なんでも……」

こみ上げる興奮を何とか抑え、独楽子は神妙な顔を保った。

これまでイマイチ恵まれなかった分、今になってツキに恵まれたのだろうか。何にせよ運がいい。

一階を案内してもらった後、二階に向かおうとした矢先、廊下を歩いていたハツと独楽子の目の前で、突然扉が開いた。

「失敬《しっけい》」

扉がぶつかりそうになり、部屋から姿を見せた人物が低くつぶやく。ハツが恐縮するていで頭を下げた。

「こちらこそ失礼しました、先生」

「――……」

独楽子は言葉もなく相手を見上げる。

ポマードで髪を後ろになでつけた、独楽子と同世代の洋装の男だ。白いシャツに小さなボウタイをつけ、臙脂《えんじ》色のチョッキを身に着けている。細面《ほそおもて》に鼻筋の通った顔立ちは、はっとするほど整っていた。先生と呼ばれているからには学者だろうか。

男は独楽子に向け、小さく目礼をして去っていった。愛想は良くないようだ。にこりともしない。

「今の方は？」

「小柳恭一《こやなぎきょういち》先生。蝶子お嬢様の住み込みの家庭教師です。何でも経済の研究をされている学者さんで、旦那様の私的な経理も任されているとか」

「へぇ……」

相槌《あいづち》を打ちながら、心の中でむくむくと下世話な想像がふくらんでいく。

広いお屋敷に一人で暮らす薄幸《はっこう》のお嬢様と、住み込みの見目良い家庭教師。まさに少女小説。禁断の愛が芽生《めば》えてもおかしくない状況である。

（……いや、だから化け込み記者をやるつもりはないってば！）

勝手に物語を想像し始めた頭を、独楽子は左右に大きく振った。

二階に上がると、最も奥まった場所にある扉をハツが軽くノックする。

「お嬢様。蝶子お嬢様、新しい舞踏の先生がいらっしゃいましたよ」

声をかけた後、扉を開けて中に入っていく。

そこは日当たりがいい二間続きの洋室だった。両開きの窓辺にはピンクのガーベラが飾られ、白いレースのカーテンが風に躍っている。よく磨《みが》かれた板敷の床は、やわらかそうな絨毯に覆われ、飴《あめ》色の家具調度が置かれていた。まるで世界中の少女が夢に見るような部屋だ。

美しい洋燈《ランプ》、棚《たな》の上に置かれた写真立て、窓際に背もたれの高い籐《とう》の椅子《いす》。そこに檸檬《レモン》色のスカートの少女が腰かけ、窓の外を眺めている。肩を覆う黒髪は縦にくるくると巻かれていた。

何もかもが活動写真の映像のように美しい。独楽子は思わず感嘆《かんたん》のため息をついた。

籐の椅子に近づいていき、そこで丁寧《ていねい》に頭を下げる。

「はじめまして、蝶子お嬢様。乙羽《おとわ》独楽子と申します。どうぞ独楽子とお呼びくださいませ」

お辞儀をしたまま礼儀《れいぎ》正しく名乗ったところ、籐の椅子の上で少女が振り返った。

「あぁん？」

最初にニキビの多いその顔を見て——次に立ち上がった彼女の全身を見て、独楽子は絶句した。

迷惑そうに眉根《まゆね》を寄せた顔は風船のように膨《ふく》らんでいる。体型もまたしかり。檸檬色のワンピースは、父親にそっくりの丸々とした身体を、はちきれんばかりに横に伸びてかろうじて包み込んでいた。

（食が細い？　本当《ま》に？）

予想外の光景を目の当たりにして目を白黒させる独楽子の前で、令嬢は鼻に皺を寄せる。

「新しい人？　私、社交ダンスなんかやる気はないの。いるだけ無駄よ」

「えぇ……!?」

それは困る。非常に困る。ようやく見つけた仕事だ。上達しなくてもいい。とにかく授業だけでも受けてもらわなければ。

焦る気持ちを押し殺し、独楽子は笑顔を浮かべた。

「やる気にならないとは、なぜでございましょう……？」

「きらいだからに決まってるでしょう。他に理由があって？」

少女は心底忌々《いまいま》しそうに吐き捨てる。

「で、ですがやってみたら意外に楽しいかもしれ――」

「まったくお父様ったら！　何度クビにしてやれば気がすむのかしら！」

独楽子の猫なで声を遮《さえぎ》ると、彼女はドスドスと荒々しい足取りで続き間へ行き、部屋中の空気が震えるほどの勢いで、力任せに扉を閉めてしまう。独楽子は呆然《ぼうぜん》と立ち尽くした。

（ひとまず即採用になった理由はわかったわ……）

ダンス講師の職を続けるのが前途多難ということもよく理解した。やはり世の中、そう上手《うま》い話があるわけなかった。

（でも私だって人生かかっているし、こんなことでめげるわけにはいかない！）

少女の強情さに自分が音《ね》を上げるのが先か。それとも独楽子の粘り強さに少女が根負けするのが先か。

結局その日、独楽子は夕方まで知恵を絞《しぼ》ってあれこれ働きかけたものの、ふたたび蝶子の顔を見ることはなかった。

「蝶子お嬢様、西洋の音楽はお好きですか？　お嫌いですか？　差し支えなければ、レコードをかけてもよろしいでしょうか？」

翌日。通いの講師である独楽子は、もちろん朝から職場に出勤した。

例によって借り物の紺色《こんいろ》のスカートの上にブラウスと手編みのセーターを重ね、こてを当ててカールさせた髪を、耳隠しの形で結っている。我ながら洋館にぴったりのいでたちである。

家に帰って一晩考えたのだ。まずはおしゃべりをして友達になろう。会話を重ねて互いをよく知り、充分関係が深まったところで、ダンスはどうかと誘うのだ。堅実と言えよう。

「蝶子様――」

朝からずっと自室に籠《こ》もっている少女に、独楽子は笑顔で、うんと下手に出て話しかける。しかし蝶子は手づかみでおはぎを食べながら、少女雑誌を読みふけるばかり。

（あぁあぁもう、そんな甘いものばっかり食べて！）

彼女は今日もきれいなレースのワンピース姿である。髪は縦に巻かれ、頭に舶来《はくらい》のリボンをつけている。年頃の娘らしく、オシャレに興味があるのだろう。

だが当時に、甘い物に目がないようでもある。朝から西洋の焼き菓子、お団子、チョコレートと立て続けである。何のことはない。食が細いというのは単に間食のしすぎで、まともな食事をあまり口にしないという意味だったのだ。肌が荒れているのもそのせいだろう。

(今より太ったら本当にダンスどころじゃなくなっちゃう……)

気を揉《も》みながら眺めていると、視線を感じたのか、顔を上げた蝶子がギッとにらみつけてきた。そして独楽子が手にしていたレコードを、あんこのついた手でわしづかみ、開いた窓から放り投げてしまう。

「あぁ……!?」

独楽子はとっさに窓に駆け寄るも、平たいレコードは風に乗り、庭の木立の中へと消えていった。

蝶子がわざとらしくつぶやく。

「あらあら、遠くまでよく飛んでいくこと。どうしてもかけるというなら取ってこなきゃね。ほら、行ってらっしゃいよ」

犬でも追い払うように手を振る少女を、独楽子は信じられない思いで振り返った。

「お嬢様、何ということを!」

「何よ」

「レコードはとても貴重なものなんですよ。特に西洋音楽の輸入レコードといえばどれも高価で、普通は聴きたくてもなかなか聴けないものなんです。もう少し大切に扱わなければ」

「うるさいわね。貧乏人の事情なんて、あたしが知るはずないでしょ！」

ただでさえ丸い頬《ほお》をさらにふくらませて言い放つと、蝶子は脂《あぶら》でてかった鼻を鳴らす。

そして少女雑誌を開き、雅《みやび》やかな少女たちの世界に戻っていった。むろん、そうしながらも片手はおはぎにのびている。

「――――……」

独楽子はレコードの消えたほうを再び見やる。困ったことだ。

昨日から蝶子の様子をうかがっていたが、彼女は食べているか、寝ているか、それとも好きな俳優の写真を眺めているか、少女雑誌を読んでいるか、のいずれかである。厳密に言えば、女中を怒鳴って叱《しか》っているか、も加えなければならないだろう。

この家の女中は、多田氏の郷里である四国の漁村から呼んだ女たちであるといい、年長のハツのほかに、クマとサトという二十歳《はたち》前の娘がふたりいた。だが働きながら嫁入り支度《じたく》をするための女中奉公《じょちゅうぼうこう》であり、数年で次の娘と入れ替わる予定のため、性格のきつい蝶子とは極力関わらないようにしているようだ。

「私たちだって、お嬢様には滋養《じよう》のあるものを召し上がっていただきたいんですよ」

「ねぇ。ずっとお部屋に籠もりきりなのも身体《からだ》によくないし、何とかお庭への散歩だけでもって思うんですけど……」

広い居間で、掃《は》き掃除《そうじ》、拭き掃除の手を止めずに、クマとサトは困った口調で言う。

「でも私たち、東京じゃここの他に行くあてのない身ですし。うっかりご機嫌を損《そこ》ねてクビにでもされては困ります」

「実際、前にお嬢様を怒らせてお給金を減らされた女中がいたそうで……」

「なるほど」

女中たちは素朴《そぼく》な人柄で、蝶子を支えたい思いもあるようだ。だが蝶子のほうが頑としてそれを拒《こば》んでいる。人に干渉されるのが大嫌いなのだという。

さらにクマによると、蝶子は家で勉強をしないため学校での成績も芳《かんば》しくなく、友達もなく、そうなれば行っても行かなくても同じだと、学校も休みがちであるらしい。

「旦那様《だんなさま》はそれをお許しになるの？」

「そうなんですよ。旦那様だけでなく、坊ちゃままで『女は学があるよりは、ないほうがいい。愛嬌《あいきょう》があれば充分だ』っておっしゃって。ほら、お嬢様もおふたりの前では聞き分けが良くていらっしゃるから」

「『ウチは金持ちだから嫁《とつ》ぎ先なんかいくらでも見つけられる』とも言ってらして。だからお嬢様はいつまでもあの調子で」

「そうなの……」

独楽子は眉を寄せてうなずいた。なるべく情報を集め、次なる作戦を立てる腹づもりだ。

しかしその時、ドスドスと荒々しい足音が居間に近づいてくる。とたん、クマとサトはぴたりと口を閉ざしてしまった。無言で掃除を続けるうち、居間に蝶子が姿を現した。

「あんた達、何をしているの？」

詰問しながら、独楽子に目を向けてくる。

「どうせ私の悪口で盛り上がっていたんでしょう」

「まさか。そんなことは……」

とっさに取り繕《つくろ》おうとしかけた時、自分をじっと見つめる少女の視線に独楽子は気づいた。

（何？）

自分を振り返り、そして無意識に女優立ちをしていたことに思い至る。すなわち背筋をのばし、片脚をずらして足が一本に見えるようにして立ち、引っ込めたお腹の前で手を組んでいたのだ。

自分を美しく見せるため、身に染みついた習慣である。

赤く塗られた独楽子の爪を見つめて、蝶子はだしぬけに言った。

「……ダンス、考えてもよくてよ」

「え？」

「ただし、私はお医者様から激しい運動をしてはいけないと言われているの。どうしてもというなら主治医の許可を取ってきてちょうだい。それから私、靴《くつ》は宮内庁御用達《くないちょうごようたし》の大村《おおむら》商店のものしか履《は》かないと決めているから。ダンスをしてほしければ、そのための靴を買ってきてちょうだい」

どういう心境の変化なのか。パンのようにふくらんだ腕をかろうじて組み、蝶子は傲然《ごうぜん》と言い放つ。

それでも独楽子は救いを得た思いでうなずいた。

「はい！　すぐにそういたします！」

善は急げだ。婦人帽とバッグを手に取ると、独楽子は少女の気が変わらないうちにと、尻に帆《ほ》をかけて屋敷を飛び出した。

まずは路面電車に乗って駒込《こまごめ》に住むという主治医のもとを訪ねる。しかし対応に出た女中に留守だと言われた。

「先生は往診に出ていらっしゃいます。一日往診が多いので、いつ戻られるかはわかりません」

「そうですか。いつもはどのくらいにお帰りですか？」

医院を兼ねた個人宅の留守をまかされているらしい女中は、「そうねぇ」と小首をかしげる。

「夕方には戻っていらっしゃると思いますけど……」

「ありがとうございます！」

ならば先に大村商店に向かうまでだ。気を取り直し、再び路面電車に乗って芝《しば》の露月《ろうげつ》町《ちょう》にある大村商店に向かう。だがしかし、そこで思わぬ事実を知らされた。

「婦人靴を扱ってない!?」

カウンターに身を乗り出す独楽子に、店員はうなずく。

「ええ。見ての通り、ウチは紳士靴専門ですので」

確かに店内には紳士靴ばかりが陳列《ちんれつ》されている。

「でも宮内庁御用達の婦人靴店って……」

「磯塚《いそづか》靴店さんのことですかね？」

店員によると、そちらは鹿鳴館《ろくめいかん》で舞踏会が催《もよお》されていた頃から婦人靴を製造していたという。おまけに皇后の御料靴《ごりょうぐつ》を納めたこともあるとか。

「そうですか……」

名前がちがうが大丈夫だろうか。不安になりながら、今度は銀座の尾張町《おわりちょう》にある店舗《てんぽ》まで足をのばしてみると、そこでは美しい婦人靴がショーウィンドーに飾られていた。ホッとしたのも束《つか》の間《ま》、店員に訊いたところ、蝶子から注文を受けたことは一度もないという。

「そうですか。ありがとうございました」

独楽子はかろうじて笑顔を保ち、礼を言った。

これではっきりした。ようは担《かつ》がれたのだ。蝶子は普段、どこか他の靴店から靴を購入しているにちがいない。にもかかわらず、それらしいことを言って独楽子を奔走《ほんそう》させた。そういうことだろう。

市電とはいえ移動には時間がかかる。あちこちまわっているうちに、日は傾き始めていた。

そろそろ帰宅が始まる頃合いである。混み合う路面電車に乗り込み、つり革を握りしめて独楽子はため息交じりにぼやく。

「まったくもう！」

とはいえこのくらい、どうということはない。劇団にいた時も、売れっ子女優のわがままや嫌がらせは日常茶飯事《さはんじ》だった。子供のいたずらと思えば可愛《かわい》いものだ。

（怒るほどじゃないわ）

十代の少女のこと。自分の一言で大人がてんてこまいするのをおもしろがっているのだろう。

疲労にささくれる神経をなだめて駒込に戻り、主治医の家を訪ねると、今度は面会がかなった。だがしかし、五十がらみの医師は、蝶子のダンスについて許可を求める独楽子に首をかしげる。

「運動してはいけないなんて言った覚えはない。健康維持のために社交ダンスでもさせてはどうかと、多田氏に勧めたのはこのワシだぞ。あの子はむしろ、毎日ちょっとは運動をするべきだ」

「えぇぇ……っ⁉」

これも嘘だったのか。情けない反応から何かを察したのか、医師はミルクキャラメルを三粒、土産《みやげ》に持たせてくれた。子供の患者にあげるため持ち歩いているのだという。

「まぁ元気を出しなさい」

にこにこと見送る医師に頭を下げて、独楽子は悄然《しょうぜん》とそこを後にする。

日も暮れた頃になって、独楽子はようやく根津のお屋敷に戻っていった。眉根《まゆね》に深く皺が寄っているのが自分でもわかる。

（あのわがまま娘め……！）

どうしてくれよう。苦言を呈したいところだが、では来なくて結構と言われたらそれはそれで困る。

裏の通用門から屋敷に入り、まっすぐに裏口に向かおうとしたところ、すぐ傍で犬の吠え声が響き飛び上がった。

「ひっ⁉」

ふと見れば、夜半だけ敷地内で放し飼いにされている三匹の大きな秋田犬《あきたいぬ》が、独楽子めがけてまっすぐ突進してくる。あっという間にやってきた犬たちは、あろうことかいっせいに飛びかかってきた。

「きゃぁぁ⁉」

独楽子は走って逃げるが、犬たちは大声で吠えて追ってくる。

「何⁉　何なの⁉」

混乱して見まわす。くり返し飛びついてくるものの、犬たちは嚙《か》みつくようなことはなかった。ただ、ひどく大きな声で吠え立ててくる。独楽子はハッと気がついた。

「キャラメル……っ」

スカートのポケットからキャラメルを取り出して放ると、思った通り、犬たちはそちらに飛んでいった。顔をぶつけるようにして我先に奪い合う。

「びっくりしたぁー……」

犬が離れている間に急いで屋敷の中に入ると、独楽子は裏口の扉に背を預けて、ずるずると座り込んだ。

と、どこからか甲高《かんだか》い笑い声が降ってくる。

「見事に引っかかったわね！」

「蝶子様――」

二階に向かう階段から、チョコレート色の手すりにもたれかかってこちらを見下ろし、丸々と太った十五歳の少女はなおも楽しそうに笑った。

「あの先生、キャラメルが好物で自分でもいつも持ち歩いてるの。初めてウチに来た時、犬たちが先生のキャラメルの匂《にお》いに反応して大変だったのよね！」

少女が得意げに種明かしをする中、独楽子はスカートの裾《すそ》を払いながら立ち上がる。

「とにかく、私は約束を果たしました。次はお嬢様の番です。明日からダンスのレッスンを受けていただきますよ」

しかし少女はけろりと返した。

「約束なんかした覚えないわ。あたしは、考えてもいいって言ったの。やるとは言ってないわよ」

「なんですって……？」

「なによ。勝手に勘違いをしておいて、あたしが悪いっていうの？」

蝶子は権高《けんだか》く言い返してくる。独楽子は言葉に詰まった。仮にも雇用主だ。悪《あ》しざまに言うことはできない。だが小憎らしいことこの上ない。世の中そうは問屋が卸《おろ》さぬことを、じっくり説教してやりたい。でも……言えない。

ぐぬぬ、とくちびるを嚙みしめた、その時。

近くで扉の開く音がして、小柳恭一が廊下《ろうか》に姿を現した。今日も一筋の乱れもなく髪を撫《な》でつけ、きちんと洋服を身に着けた端正な佇《たたず》まいである。

「先生！」

彼を目にしたとたん、蝶子の目が輝き、丸い顔がみるみる赤くなった。

しかしそれも恭一の発した冷ややかな声を聞くまで。

「これはいったい何の騒ぎですか」

「いえ、その……、別に……っ」

上ずった声で何かを言おうとした蝶子を振り仰《あお》ぎ、恭一は厳しい顔を向ける。

「お嬢様。考えてもいいと言い、条件を出されたのなら、先方がそれを約束と受け止めるのは無理からぬこと」

「ちがうんです、先生――」

蝶子はすがるように口を開く。だが恭一は冷然と続けた。

「立場の強い人間が、そうでない相手を弄《もてあそ》び、笑いものにするのは感心しません。良家の令嬢にふさわしい振る舞いではないとお分かりですね？」

「――……」

「それはそうと、宿題の進捗《しんちょく》はいかがですか？」

事務的な問いに、蝶子はぷいっとそっぽを向く。

「知らない！」

「分からないことがあれば遠慮《えんりょ》なく質問してください」

「分からないことなんかないわ。その気になれないだけよ」

憎まれ口に、恭一は「そうですか」と平坦に応じた。冷たい目には軽蔑《けいべつ》が見え隠れしている。

彼が部屋に入り扉を閉ざすと、その場はシン……と静まり返った。

手すりを握りしめる蝶子の手は震えている。くちびるは悔《くや》しさを噛みしめて引き結ばれ、その目に涙がにじむ。騒ぎに気がついてやってきた女中たちが見守る中、涙はみるみるうちにふくれ上がり、ニキビが点々と浮く頬《ほお》を伝い落ちた。

「蝶子様……」

思わずつぶやいた独楽子の視線に気づいた少女は、手の甲で涙をぬぐいながら怒鳴る。

「何よ！　あれはあなたをからかったのよ！　分かったなら出ていきなさい！」

「ですが……」

「いいから出ていきなさいったら！」

そう叫ぶと、蝶子はドスドスと階段を上り、家中に響き渡るほどの勢いで、自分の部屋の扉を力いっぱい閉める。

「お嬢様！」

後を追った独楽子は扉を開けようとするが、鍵《かぎ》がかかっていた。平手で何度か木製の扉をたたく。

「お嬢様、ここを開けてください、お嬢様！」

気にしていないと伝えたかった。一日無駄に歩き回ったとはいえ、給金が出るならそれも仕事だ。文句はない。

だが返ってきたのは、内側から何かが扉に投げつけられたような音だけ。それでもノックを続けると、やがて嗚咽《おえつ》まじりの怒声が、悲痛に引き攣《つ》れて響いた。

「うるさい！　ダンスなんか絶対しないんだから！　あっちへ行って！」

家庭教師のほうはともかく、蝶子は彼に気があるようだ。

明らかになった事実も独楽子を助けてはくれない。頭を抱えたくなった。いったいどうすればいいのか。

(仕事を始めたい……。ただそれだけなのに……)

すっかり暗くなった頃、独楽子は天神前《てんじんまえ》の駅に着いた。路面電車から降り立った乗客の中を歩き出し、湯島天神《ゆしまてんじん》の前を越える頃には、通りも少しずつ艶《つや》めいて花街《はなまち》の輪郭《りんかく》を見せ始める。商店はすでに暖簾《のれん》を下ろしていたが、食事処や飲み屋は客が集まる頃合いだ。連れだって歩く男たちを、着物に前掛けをつけた女が呼び込んでいる。

ぼちぼち人出のある夜道を、独楽子はとぼとぼとたどった。活動写真館の前を通りがかり、そこにあったポスターを見てさらにくさくさした気分になる。

情熱的に見つめ合う主演男優と女優の似顔絵である。いつか洋司も、美しい女優と並んでこんなふうに大きくポスターに載るのだろうか。考えるまいと思っても、ついつい考えてしまう。

今頃彼はどうしているのか。共演する女優とよろしくやっているのだろうか。わがまま娘に振り回されている独楽子を見たら何て言うか。

『すまないが一度別れてくれないか？』

ふいに嫌なことを思い出し、怒りが沸き上がった。同時に、ほんの少しくらい独楽子と別れたことを後悔《こうかい》してやしないかと考え、自分の空想の都合のよさに笑ってしまう。

「バカバカしい……」

後悔どころか、思い出すことすらないだろうに。彼にとって自分はもう切り捨てた過去でしかない。くり返し思い出してはイライラする独楽子のほうが、よほど未練たっぷりだ。

独楽子は自分の頬を両手でたたき、叱咤《しった》した。

「何とかしなきゃ！」

今あるチャンスをものにして、どうにかしてダンスの講師として身を立てなければならないのだ。蝶子をその気にさせて、いつかどこかで舞踏会に出席した時、多田剛三が満足する程度まで上達させる。なんとしても。

顔を上げて前を向いた矢先、ふいに路地脇から声がかかる。

「お嬢さん、占っていきませんか」

見れば、小さな卓についた初老の男がこちらを見上げている。卓には「観相《かんそう》」と貼り紙がされていた。辻占《つじうらな》いだ。

「いいえ、私は結構です」

何気なく手を振って、独楽子はその場を通り過ぎる。が、次の瞬間、稲妻《いなずま》のようにひらめいた。

「そうだ！」

占いだ。それなら蝶子の心を動かせるかもしれない。

独楽子は家に帰ってから思いつきをよく吟味《ぎんみ》して、一晩かけて実現させる方法を考える。

そして明くる日、根津のお屋敷に行くと、三人の女中たちを集めて自分の計画を披露した。

『私は白木屋《しろきや》から通りをひとつ隔《へだ》てたところにいるので。そこまでうまくお嬢様を連れてきてください』

『かしこまりました』

ハツはしっかりとうなずいた。

独楽子が発案した『蝶子様のわがままを改善し、良い子にする計画』を成功させるためである。

蝶子の気まぐれや癇癪《かんしゃく》に悩まされているのは女中たちも同じ。通いの蝶子とちがい、住み込みの彼女達はもっと深刻のようだ。独楽子が披露した作戦に三人は『なるほど！』とうなり、協力を申し出てきた。

そして二日後、ついに決行とあいなった次第である。

まずはクマとサトが、蝶子が買い物に出かけたくなるよう、朝から会話の中でそれとなく誘導する。場所は日本橋《にほんばし》のデパート、白木屋。エレベーターや回転ドアなど、近代的な設備を備えた西洋式百貨店である。蝶子のお気に入りで、時々足を運ぶのだそうだ。

買い物を終えて蝶子が百貨店を出た後、お供のハツが人力車を探すふりで、近くにいる独楽子のもとに彼女を連れていく。それが計画の前半だった。

独楽子はといえば、通りの端に小卓を出し、「易占《えきせん》」と立札をして辻占いに扮装《ふんそう》してふたりを待つ。

着物の上に道行襟《みちゆきえり》の羽織《はおり》を着て、竹製の網代笠《あじろがさ》を深くかぶった恰好《かっこう》である。笠をかぶっているので顔は見えないはずだが、化粧《けしょう》で顔色をくすませ、年寄りに見せている。さらに布製の手甲で手を隠し、指先は泥で汚してある。

すべて冨美に頼み込んで、伝手《つて》で借りたものだ。念には念を入れ、易者の小道具である筮竹《ぜいちく》まで貸してもらった。

我ながらどこから見ても、年老いて薄汚れた辻占い師だ。

小さな椅子《いす》に座り、流れゆく雑踏を眺めて蝶子とハツが来るのをじっと待っていると、ふいに小卓の前に上品な和装の婦人が立った。

「占ってくださいな」

朗《ほが》らかに乞《こ》われ、独楽子は慌ててしまう。偽物だからして、込み入った相談などされてはかなわない。相談をしているうちに蝶子が来てしまっても困る。

劇団で覚えた老女の芝居を思い返し、独楽子は笠の内側でしわがれ声を出した。

「あなたには占いは必要ない。答えはすでに心の中にあるはずです」

適当な答えに、婦人は「あら、そう」と釈然としない様子で去っていく。

(助かった……)

胸をなで下ろしつつ、首をのばして百貨店の入口をうかがう。と、しばらくして蝶子とハツが姿を現した。ハツは両手に大きな荷物を持っている。

「お嬢様、人力車を探してまいります」

「そうね」

「あのへんでお待ちになるのがよろしいかと」

ハツはそう言って、独楽子のいるほうに蝶子を誘導してきた。

派手な赤い靴《くつ》をはいた蝶子は、易者など見向きもせずに通り過ぎようとする。

赤い靴が目前に来たところで、独楽子は網代笠の内側で、低いしわがれ声を響かせた。

「もし、お嬢さん――。あなたは実る希望のない恋をなさっておいでですね」

と、雑踏の中、笠の縁からのぞく赤い靴がぴたりと止まる。戸惑うように足踏みをしてから、蝶子はつっけんどんに返してきた。

「占いなんか頼んでないわ」

「お嬢さん！」

お腹に力を入れ、独楽子はことさらおどろおどろしく警告する。

「このままではその相手と決して結ばれません。が、想う人に想われる方法がひとつだけあります」

「……いくら？」

「お代はお志《こころざし》で結構」

これみよがしに筮竹をつかみ取り、独楽子は見よう見真似《みまね》で両手に持って構えた。ジャラジャラと音をたてて振り回し、しばし意味深にぶつぶつとつぶやいた後、厳《おごそ》かに告げる。

「お嬢さん、周りにいる人に優しく、親切になさい。そうすれば、善い心がけがあなたの想い人に伝わるでしょう。また菓子を減らし、きちんと食事をとり、毎日外に出て身体を動かしなさい。想い人が振り向かないのは、あなたの行いに対する天の報いなのです」

「お婆《ばあ》さん……」

蝶子が感嘆《かんたん》の声をもらす。

「すごいわ。見もしないのに、どうしてそんなに私のことがわかるの？」

「なんのこれしき」

静かに応じたところ、蝶子は感謝の言葉を並べて小卓の上に十円札を置いていく。平均的な勤め人の月収が五十円と言われている中、さすがに太っ腹である。

機嫌よく人力車に乗り込んだ彼女の後ろで、独楽子とハツはこっそり目くばせを交わしたのだった。


地元に戻って富美に紹介された劇団に借りたものを返し、賃料として五円を渡したところ大喜びされた。茶菓子を振る舞おうとするのを何とか振り切って家に帰り、老婆《ろうば》の化粧を落としてから急いでお屋敷に向かう。

そしてさも朝から留守番をし、帰宅した蝶子が落ち着くのを待っていたかのような顔をして、独楽子は彼女の部屋を訪ねた。

「お嬢様――」

軽くノックをして部屋に入り、そこで目にしたものに足を止める。

なんと蝶子は机に向かって勉強をしていた。呼びかけに応じて振り向き、小さな声で言う。

「独楽子さん、悪いけどダンスはまた後にしてちょうだい」

（――……！）

やった。大成功だ。やはり恋は乙女《おとめ》の心を動かす。

独楽子は蝶子の傍《かたわ》らまで進み、にこやかに申し出た。

「お勉強、わからない場所はありませんか？　よければ見て差し上げますよ」

「え？」

恭一とのやり取りを見ていて、蝶子の気持ちは何となく伝わってきた。彼女はきっと、彼の期待に応えて宿題をしたいと思ってはいるのだろう。だが勉強がわからない。それを素直に口に出せないだけなのだ。

年頃の娘が、好きな人に恰好悪い姿を見られたくない気持ちはよくわかる。独楽子は胸をたたいた。

「私、こう見えて高等女学校を出ているんです」

「本当⁉」

蝶子の顔が明るくなる。よかった。独楽子にならら、分からないことを分からないと素直に言えるようだ。

これで蝶子の素行が良くなり、成績が上がる↓恭一の蝶子への評価が改まる↓蝶子は喜び、独楽子に感謝する↓独楽子のダンス講師としての地位が不動になる！

（完《かん》っ璧《ぺき》……！）

自ら立てた作戦の成功を確信しつつ、独楽子は椅子を持ってきて蝶子の横に腰を下ろした。

宿題は英語と数学の基礎的な箇所《かしょ》である。昔取った杵柄《きねづか》で、何とか教えることができた。途中でクマが三時のおやつを持ってきたが、蝶子はお菓子を下げさせて勉強を続ける。

しばらくの後、彼女は恭一が用意した宿題をすべて終わらせた。頰《ほお》を紅潮させてノートを見下ろす。

「独楽子さん、私、今すぐ先生に見せてくるわ！」

「行ってらっしゃいまし」

こちらの返事よりも先に、蝶子はノートを胸に抱え、ドタドタと忙《せわ》しない足取りで階下にある恭一の部屋に向かった。独楽子もこっそりついていき、階段から首をのばして様子をうかがう。

コンコン、と可愛《かわい》らしく扉をノックした少女は、姿を見せた家庭教師にノートを差し出した。

「先生、宿題をやってきました」

「え……」

今日も今日とて折り目正しい身なりの恭一は、わずかに絶句してノートを受け取る。その場でパラパラとページを繰り、「本当だ」とつぶやく。

期待をこめて見上げる蝶子に向け、彼はにこりともせず告げた。

「よく頑張りましたね。後で採点してお返しします」

いたって事務的な口調である。彼にとっては、努力した生徒へのありふれた労《ねぎら》いだったのだろう。

だが蝶子は傍目《はため》にもわかるほどパッと顔を輝かせた。

「ええ！　次の宿題も早く出してくださいな！」

そう言い置くと、走ってこちらに戻ってくる。独楽子もまたあわてて部屋に戻り、客用の椅子に座って待つ。と、部屋に蝶子が駆け込んできた。

「独楽子さん、やったわ！　先生が褒《ほ》めてくださった！」

「よかったですね」

それはそれは嬉しそうに報告する少女をほほ笑ましい思いで見つめる。蝶子の目には涙までにじんでいた。

「褒めてくださった……、先生が私を、褒めて……っ」

何度もそうつぶやき、目尻の涙を手のひらでぬぐう。

たったあれだけの言葉でここまで感極まってしまうとは。十代の繊細《せんさい》さは予想以上だ。そのことに一抹《いちまつ》の不安も覚えながらも、独楽子はそろそろ帰る頃かと席を立つ。そこへハツが顔を見せた。

「お嬢様、お夕食の用意ができました」

「今行くわ。もうお腹ぺこぺこ。――独楽子さんも一緒にどう？」

一転して人懐こい笑顔を向けられ、独楽子の胸にも嬉しさがこみ上げる。ダンス講師に向け大きく一歩踏み出す思いで、独楽子は張り切ってうなずいた。

「ありがとうございます、ぜひ」


変われば変わるもので、蝶子はその後、こちらの予想以上に熱心に勉強に取り組むようになった。はじめのうちは一時の気まぐれだと思っていた様子の恭一も、彼女が本気だと分かると、家庭教師としての役目をまじめに果たし始める。蝶子はしばらくの間、宿題をする際に必ず独楽子に頼っていたものの、やがてひとりでできるようになっていった。科目も歴史、地理、理科と少しずつ増えていく。

嬉しい変化はもうひとつあった。

甘い物を控えてきちんと栄養のある食事をとり、独楽子と毎日社交ダンスのレッスンをくり返すうち、蝶子は目に見えて痩《や》せて、肌がきれいになってきたのである。するとそれを励《はげ》みに、彼女はさらに熱心に運動をするようになった。

「独楽子さん、ありがとう」

「本当に独楽子さんが来てくれてよかった」

クマとサトが折に触れてそう言う。

しばらく屋敷に通ううちに見えてきた。屋敷の女中は皆、気立てがいい。しかし遠く四国から出てきた者同士、彼女たちだけで話していると、方言が混ざって何を言っているのかわからないことがある。郷里がちがう者はどうにも入っていけない。

蝶子は色々な意味でひとりぼっちだったのだろう。だんだん学校の勉強についていけなくなり、思春期になって体型を気にするようになり、相談できるような相手もなく、困り顔で自分を見る女中に当たり散らすことでしか鬱憤《うっぷん》を晴らす方法がなかったにちがいない。

自信をつけた蝶子は女学校へも登校するようになった。

毎日恭一から「よくできた」と賛辞を受けることが、何よりの励みになっているようだ。

そのたび舞い上がる蝶子に、女中たちも彼女が恭一と顔を合わせられるよう何かと協力を始めた。彼に蝶子のお迎えを頼んだり、特別な夕食を作って同席を勧めたり、彼が散歩に出たのを見かけて蝶子に後を追わせたり。そのたびに蝶子はほほ笑ましいほどそわそわする。

恭一を見る彼女の顔はいつも幸せそうに輝いており、思慕《しぼ》は隠しようがなかった。

もちろん独楽子も応援している。

「今度、ダンスのレッスンに恭一さんを誘ってみませんか？」

「先生を？」

「はい。社交ダンスは本来男女で踊るものです。私は男性側も踊れますけど、男性と比べると背も低いですし、やはり本物の男性が練習相手になってくださるほうが実践的《じっせん》――って、私が恭一さんにお話しします。そうすればお付き合いくださるのではないかしら？」

片目をつぶっての提案に、案《あん》の定《じょう》蝶子は「ステキ！」と声を上げた。両手を合わせ、うっとりと虚空を見つめる。

「もし先生がダンスの練習相手になってくださったら、きっと天にも昇るほど幸せだわ……」

社交ダンスの練習は主に居間で行っている。暖炉《だんろ》までついた西洋風の部屋で、大きな出窓には美しいカーテンがかかり、家具はすべて焦げ茶の舶来《はくらい》のものでそろえられている。若い男女が踊ればそれだけで絵になるだろう。蝶子にとってもいい思い出になるはずだ。かてて加えて、彼女の中にある自分への信頼をさらに強固にする好機である。

「私におまかせください！」

独楽子は胸をたたいて力強く請け合った。

だがしかし。

レッスンの後、上機嫌で居間を出た独楽子を、壁にもたれかかった恭一が腕組みをして迎えた。どうやら話を聞いていたようだ。

「まぁ、恭一さん」

細身の身体《からだ》に一部の隙《すき》もなく洋装を身に着けた男を、独楽子は笑顔で振り仰《あお》ぐ。

「聞こえていました？　そういうわけで今度、蝶子様のダンスの練習相手をお願いしたいのですが……」

しかし彼は厳しい面持《おもも》ちで応じた。

「お断りします」

あまりにもはっきりと断られ、目をしばたたかせる。

「なぜですか？」

独楽子がここに来た頃、恭一は蝶子に対してひどく慇懃《いんぎん》な態度を取っていた。我儘《わがまま》で怠《たい》惰《だ》な少女を内心で疎《うと》ましく思っているのが、初対面の人間にも伝わってきた。だが最近はそんな態度もずいぶん軟化していた。彼は、努力する者に対しては公正なのだと感じていたというのに……。

小首をかしげる独楽子に向け、恭一は冷然と言う。

「私は家庭教師です。ダンスの練習相手を務めるのは仕事のうちに入りません」

「それはそうかもしれませんけど……」

「私もひとつ、あなたに話があります」

冷ややかな視線に見下ろされ、自然に居住まいを正す。

「何でしょう」

「あなたも女中たちも、お立場を顧《かえり》みないお嬢様の恋情を煽《あお》るべきではない。むしろお諌《いさ》めするべきではありませんか」

「え？」

「蝶子お嬢様は、いずれ旦那様《だんなさま》がお決めになった相手と結婚なさるのです。家庭教師風情《ふぜい》に熱を上げるなど――あまつさえそれを無責任に応援するなど、どちらも浅はかとしか言いようがない。ちがいますか」

「はぁ……」

厳しい指摘はもっともだ。だが独楽子はとまどいを禁じ得なかった。

いったい彼は何をムキになっているのか。確かに令嬢である蝶子が、家庭教師の恭一に想いを寄せるのは不適切である。だが恭一が蝶子のことを何とも思っていないのは明らか。ひとまわり近くも年下の少女をあしらうくらい、彼にとってどうということはないだろうに。

（そんなに怒るほどのこと……？）

彼への恋が、蝶子が自分を磨《みが》くための原動力になっているのは疑いようがない。恭一にだってわかっているはずだ。無垢《むく》で幼い恋。決して未来のない恋。今だけのことと見守るわけにはいかないのか。

釈然としない気持ちで黙り込む独楽子に一礼をして、彼は静かに離れていく。

居間に戻ると、蝶子が期待に瞳を輝かせて近づいてきた。

「独楽子さん、先生は何て仰《おっしゃ》って？」

「――――……」

『浅はかとしか言いようがない』

冷たい言葉を胸の中にしまいこむ。一心にこちらを見上げるいじらしい蝶子の姿に胸が痛む。

「先生は……」

恭一のいけずを、独楽子は心から恨めしく思った。

だがダンスを断られたくらいで思春期の恋心が潰《つい》えるはずもなく。その後も蝶子は恭一への想いを募《つの》らせる一方だった。生活と身だしなみにもいっそう気を遣うようになり、日ごとの変化はまさに花開くという表現にぴったりだ。

今日も今日とて勉強の後、菓子には手を出さず、紅茶だけを楽しみながら、蝶子は独楽子に訊ねてくる。

「ねぇ、独楽子さん。あなた恋人がいたことはある？」

「…………⁉」

唐突《とうとつ》な問いに、独楽子は酢を飲んだような顔になりかけた。だがまっすぐな眼差《まなざ》しは期待に輝いている。古傷が疼《うず》くので話したくない、が通じる雰囲気《ふんいき》ではなさそうだ。

独楽子は観念してうなずいた。

「……ありますよ」

「相手はどんな方？」

「とてもハンサムでした」

「それで？」

「そうですね……。明るくて社交的な性格で、人気者でした」

主に女性の間で、と心の中でつけたす。蝶子は「先生とは正反対ね」とつぶやいた。

「もしかしたら……先生は物静かな性格だから、ダンスがお嫌いなのかしら？」

「どうでしょう」

「独楽子さんは？　その恋人とダンスをしたことはある？」

「――――」

独楽子の手の中で白磁《はくじ》のティーカップがミシッと音を立てる。

「……あります」

新劇の役者としてダンスに親しんでいた洋司は、そのへんの感覚は進んでいた。

去年、独楽子の誕生日を祝ってくれるというので彼の部屋を訪ねたところ、立派な蓄音《ちくおん》機《き》が置かれており、驚くと共に感動したことがある。その日一日だけ知り合いに借りたらしい。

彼はレコードでクラシック音楽を流し、ダンスに誘ってきた。独楽子はもちろん喜んで応じた。

「なんてロマンチック……！」

薄いティーカップを手に、蝶子がうっとりとつぶやく。

独楽子は小さな声でつけ足した。

「ええ。元手をかけずにいい気分にさせる上手《うま》い手ですよね」

「え？」

「いいえ。なんでも」

確かにいい思い出である。だがしかし、その後洋司は金が必要だと言い出し、独楽子はなけなしのアクセサリーをすべて質に入れて用立てた。今思えば真の目的はそっちだったのだろう。

（はぁ……）

口には出さず、独楽子は内心でため息をついた。少女の夢を壊す必要はない。

実際蝶子は想像の中で、洋司を恭一に、独楽子を自分に置き換えているようだ。ティーカップを回しながら、もじもじと言う。

「やっぱり私、先生とダンスしたいわ……」

「……………」

かなわぬ恋と思えばこそ思い出がほしいのだろう。気持ちはわかる。だが不可解なほど頑《かたく》なな恭一の態度を思い返せば、無理な願いであることは疑いようがない。

それでも、すがるような少女の懇願《こんがん》の眼差しを受けて、無下《むげ》に首を振ることは難しく。

「……かしこまりました。何か方法を考えてみましょう」

これもダンス講師を続けるためだと、独楽子は何の勝算もないままうなずいた。


しかし独楽子が作戦を立てるよりも早く、多田邸で思いもよらぬ出来事が起きた。

恭一とのダンスをどうしてもあきらめきれない蝶子が、彼にまとわりついて練習相手になってほしいとせがんでいた時のことだ。

「先生が一緒に練習してくださったら、私もっともっと上達すると思うんです」

彼女は精一杯かわいらしくそう訴えていた。それに対し恭一は、十代にとっての禁句で応じたのである。

「子供のような真似《まね》はおやめください」

「私はもう十五よ！　子供じゃありません、先生」

少なからず矜持《きょうじ》を傷つけられた蝶子は、勢い余って決定的な言葉を口にしてしまった。

「私、先生のことが好き。前からずっとお慕《した》いしていました」

（あ……!?）

止める間もなかった。さすがに独楽子も息を呑《の》む。

弾みがついてしまっただけなのだろう。蝶子も凍りついている。

静まり返った廊下《ろうか》に、ややあって恭一の深い嘆息《たんそく》が響いた。

「お立場をわきまえることを知らない、その言動こそが子供だと申し上げているのです」

厳しい物言いに蝶子はくちびるを震わせて首を横に振る。

「ちが……、私、そんなつもりは……っ」

つぶやいたきり、二の句が継げずに立ちつくす。

しばし何かを考えるように天井を仰《あお》いだ後、恭一は蝶子の肩に手を置いた。少女に目線を合わせて言い諭《さと》す。

「蝶子様は資産家のご令嬢です。だからこそ、いっそう気をつけなければなりません。この先、あなたを誘惑してのし上がろうとする貧しい男や、弄《もてあそ》ぼうとする遊び人がきっと出てくるでしょう。世間知らずなあなたを欺《あざむ》くのは彼らにとって朝飯前のはず。決して甘い言葉に気を許してはいけません。結婚する相手以外の男に、安易に身をゆだねてはなりません。よろしいですか」

いつも冷静な恭一が、不思議なほど言葉に熱を込めている。

なぜいきなりそんなことを言い出したのか。独楽子は不思議に思った。

恭一の真意は翌日判明した。

なんと彼は剛三に辞表を提出したというのだ。多田家での仕事をすべて辞して出ていくという彼を、剛三は自身の経理に関してはこれまで通りに務めるよう引きとめたらしい。

結果、恭一は屋敷を出ていき、剛三の会社に通って経理の仕事のみ続けることとなった。

蝶子は父親に、恭一を家庭教師として雇い直すようしきりにせがんだというが、剛三は聞く耳を持たなかった。どうも恭一が彼女の思慕《しぼ》について話した節がある。剛三としては、嫁入り前の娘と何かがあっては困るということだろう。

（でもどうして……？）

元々恭一は、蝶子に対してどこか冷淡だった。だが言い寄られたからといって急に辞めるほど嫌いだったとは思えない。もしそうなら、もっと前に辞職していたのではないか。

（じゃあ逆に、蝶子様に対して特別な感情があった……？）

いや、それもないはずだ。彼の慇懃《いんぎん》な冷淡さは、蝶子が努力を始めてからもさほど変わらなかった。多少態度を軟化させたとはいえ、いつも一定の距離を置いていた。色めいた雰囲気など一瞬たりとも感じたことはない。

ではなぜ今になって急に蝶子の前から姿を消したのか。――皆目見当もつかなかったが、独楽子にはそれにかまっている余裕もなかった。

それまでの順調な状況が一転、恭一を失った蝶子の嘆《なげ》きようは予想を超えて大変なものだったためである。

彼女は勉強もダンスも何もかも放り出して寝室にこもり、ベッドに突っ伏してわぁわぁ泣きわめいた。

「やっぱり先生は私のことをお嫌いだったんだわ！　頑張れば振り向いてくださるなんて、独楽子さんが言うのを真に受けた私がバカだった！　こんなことなら勉強もダンスも頑張らなければよかった。欲なんか出さなければよかった。私は先生を遠くから眺めていられるだけで幸せだったのに……！」

「お嬢様――」

「お嬢様、どうか落ち着かれて」

慰めにかかるハツ、クマ、サトにも「うるさい！　ほうっておいてよ！」と枕を投げつけて追い払う。まるで以前の彼女が戻ってきてしまったようだ。おまけに。

「独楽子さんなんか大嫌い！　今日限り、ダンス教師を解雇します！」

「蝶子様、そんな……⁉」

ようやく運命の仕事に出会えたと思ったのも束《つか》の間《ま》、またしても無職の危機が迫る。どうしてこう何もかも、つかんだと思った端から逃げていくのか。

「蝶子様、解雇なんて言わないでくださいまし……っ」

「もう顔も見たくないわ！　出ていってちょうだい！」

音を立てて閉ざされた寝室の扉を前にして呆然《ぼうぜん》と立ち尽くす。いや、呆《ほう》けている場合ではない。何とかしなければ。閉ざされたものをこじ開けなければ、二十五で専門知識もない独り身の女に未来はない。

ダンス講師として上流階級を渡り歩く生活を何としても取り戻さなければ。

（とにかく、このまま蝶子様の傍にいても埒《らち》があかない――）

予想外の展開に混乱していた頭を無理やり切り替える。「どうしましょう」「どうしましょう」と扉の前で慌てふためく女中たちに向け、独楽子は決然と告げた。

「とにかく、恭一さんを探して連れ戻します。なんとしても！」

独楽子は、多田家の庭師が恭一と親しくしていたことを思い出し、連絡先を知らないか訊いてみた。すると恭一が住み込みを始める前まで住んでいたという下宿の場所を教えてもらえたため、ひとまずそこに向かってみる。

しかし手がかりは何もなかった。下宿の大家から聞き出した実家の住所を訪ねても同じである。

恭一はもう何年も姿を見せておらず、どこにいるのかもわからない。古い知り合いは一様にそう言って首を振った。

万策尽きた独楽子は、銀座にある東京日出新聞の編集部に飛び込んでいった。

「清隆さん、大変なの。力を貸して！」

今日の独楽子は勤め人らしく駱駝《らくだ》色のかっちりとしたツーピースに、帽子と手袋までつけている。押し入ったところで怪しまれることはないだろう。そう考えての力業《ちからわざ》だったが、元より新聞社には様々な人間が出入りしているようだ。部外者がふらりと入っていっても特に見咎《みとが》められることはなかった。

タバコ臭《くさ》いオフィスには、向かい合わせに置かれた焦げ茶色の木製の机が並んでいる。どの机にも書類や書籍が積み上げられて衝立《ついたて》のようになっており、そこに埋もれる形で記者たちが仕事をしていた。

以前、売り込みに来た際に目にした清隆の机に向かうと、彼もまた書類の山のはざまで原稿用紙と向き合っている。上着を脱ぎ、腕まくりをした姿で難しい顔だ。

が、こちらの気配に気づいて顔を上げた。

「独楽ちゃん？　どうした、こんなところまで来て」

「実は……」

「あぁ、ちょっと待って」

様々な種の人間が集まっているとはいえ、男ばかりの編集部で女性の独楽子はどうしても目立つ。

清隆は独楽子を廊下に連れ出した。そこで独楽子はかいつまんで事情を話す。窓辺に寄りかかって聞いていた清隆は、恭一失踪《しっそう》のくだりに苦笑した。

「そりゃあ難儀《なんぎ》だなぁ」

「そういうわけで、家庭教師の居場所を今すぐ知りたいの。どうにかならない？」

「探してやりたいのはやまやまだが、俺も今は手が空《あ》いてなくて……」

「それはわかるけど――」

毎日取材や原稿に追われる新聞記者は見るからに多忙である。個人的な事情に付き合う余裕などないだろう。だが、どこにいるともわからない人間を探し出すなど、独楽子ひとりで何とかできるとは思えない。どうしても清隆の協力が必要だ。

何か彼に、仕事の片手間に協力してやってもいいと思わせるような手はないだろうか……。

忙しく頭を働かせ、ふと思いつく。そうだ。

独楽子はしおらしく両手を合わせた。

「東日新聞に持ち込もうと思ってる記事のためなの。何とかならないかしら？」

「何だって？」

「ほら、化け込み記事よ。私、蝶子さんの一連のことを記事に書くのはどうかと思ってるの」

「あぁ――」

「ひとりぼっちで世を拗《す》ねていた令嬢が、恋する人を振り向かせようと自分磨《みが》きを始めて、うまくいきかけていたのに、なぜだか当の恋する人が消えてしまったのよ。読み物として、謎が解けないまま終わらせるわけにいかないし、それに結末が気になると思わない？」

「そりゃまぁ……」

「お願い！　居場所がわかれば、後は自分で何とかするから！」

両手をこすり合わせるようにして、必死に懇願《こんがん》する。清隆は頭をかいて苦笑した。

「またそれか」

「え？」

訊き返した時、編集部から清隆を呼ぶ声が響く。彼は急いで編集部に戻りながら、人差し指を向けてきた。

「わかった、調べるだけ調べてみる。でもそれで分からなかったら、あきらめてくれよ」

さすがというべきか、清隆はその日のうちに恭一の居場所を調べ出してきた。

夜になり、『こま屋』を訪ねてきた彼は、外套《がいとう》も脱がないまま狭い玄関口で言う。

「小柳恭一は多田剛三の妾宅《しょうたく》にいるらしい」

「何ですって⁉」

「理由はわからない。知り合いの俥屋《くるまや》の親分に頼んで当たってもらったら、多田家から妾宅まで恭一を運んだっていう車夫《しゃふ》が見つかったんだ」

「そうだったの……」

あまりにも意外な結果に、独楽子はくちびるに指を当ててうなる。と、暗くてせまい廊《ろう》下《か》の向こうにある厨《くりや》から、内箱《うちばこ》の亀《かめ》さんがしきりに首をのぞかせているのに気がついた。

お茶を用意するかどうか迷っているようだ。

そちらに向けてうなずきつつ、清隆を中に誘う。

「とにかく上がって。お茶でも飲んでいって」

「いや、明日も早いからこれで失礼するよ。原稿が売れたら何かごちそうしてくれ」

疲れているだろうに、爽《さわ》やかな笑みを残し、彼は格子戸《こうしど》に手をかけた。ガラガラと引き戸を開けて外に出ていこうとした矢先、入れ違いに帰ってきた母の菊と鉢合《はちあ》わせる。

「これはどうも、福駒姐《ねえ》さん」

「おやまぁ、清隆さん。ご息災《そくさい》で」

菊は濃鼠《こねずみ》の結城紬《ゆうきつむぎ》に藤鼠《ふじねずみ》の羽織《はおり》を重ね、うなじ以外は白塗りの芸妓《げいぎ》姿だ。赤を入れた目尻にイタズラめかした笑みを浮かべ、清隆に向けてしなを作る。

「まだ独り身だって？　よければウチの子、もらっておくれよ」

「お母さん――」

犬や猫じゃあるまいし。独楽子の諫《いさ》める声も、母はおかまいなしだった。

「男を見る目がなくて心配でね。清隆さんにならなら安心してまかせられるんだけどね」

「無理に嫁《とつ》げとは言わないって言ってたじゃないの！」

言い合う母娘の前で、清隆は「うれしい話だけど」と朗《ほが》らかに返す。

「独楽ちゃん、今はがんばってる最中だから邪魔できないや」

中折れ帽子をちょっと持ち上げ小さく頭を下げると、細い路地の向こうへ歩き去っていく。さすが。かわし方もそつがない。

並んでその背中を見送っていた菊が、バシッと独楽子の肩をたたく。

「わかったかい？　ああいうのを見つけてくるんだよ」

「うるさいな」

今はまったくもってそれどころではない。

居間に入った菊が着物を脱ぐのを手伝いながら、独楽子は早速今後の計画を立てていった。

「お母さん、物売りの千恵《ちえ》さんってどこに住んでたっけ？」


千恵は菊の古い知り合いの元芸妓である。芸事に長《た》けていて人気があったが、三十になる前に疱瘡《ほうそう》にかかり、顔貌《がんぼう》を損《そこ》ねたため行商に転身した。そろそろ五十に手が届く身ながら、花街《はなまち》付近を毎日まわり、顔なじみを相手に商売している。

行商にも食品、薬と色々あるが、千恵が扱っているのは化粧品《けしょうひん》や装飾品といった小間物だ。独楽子の頭の中にある計画にぴったりである。

数日後、独楽子は朝早くに千恵の家に行き、簡単に事情を話して一日仕事に同行させてほしいと頼み込んだ。

一日、荷物持ちをする。その代わり駄賃《だちん》として少々足を延ばし、多田剛三の妾《めかけ》の家に寄りたい。そう言った独楽子に、千恵は茶色い瘢痕《はんこん》が散る顔をほころばせて陽気に笑った。

「かまわないよ。一日楽をさせてもらえるんなら！」

ひと抱えほどもある風呂敷の中身は、浅い小引き出しが八段もある物入れである。紺色《こんいろ》のベルベットを張った引き出しには、白粉《おしろい》や口紅、指輪、帯留、簪《かんざし》といった日常使いの小物が、それぞれ仕分けされてしまわれていた。中には外国製の小さな香水瓶《こうすいびん》もある。背負うとけっこう重たい。

午前中は、いつもの家々をまわる千恵の口上《こうじょう》やしぐさを見て仕事を覚えた。午後になってから、千恵には茶屋で休んでいてもらい、独楽子ひとりで神田《かんだ》にある多田剛三の妾宅に向かった。

ハツに訊いたところ、妾の名前はトミ。歳《とし》は三十半ばであり、元は料亭の女給だったそうだ。剛三は妾を本宅に迎えることがないため、蝶子は彼女と面識がないという。

妾宅は、静かな住宅街にある立派な日本家屋だった。苔《こけ》むした木製の数寄屋門《すきやもん》と、背の高い生け垣に囲まれた敷地の中は緑が多く、隙間《すきま》から瓦葺《かわらぶ》きの屋根が見え隠れしている。表門から入るわけにもいかず、独楽子はぐるりと歩いて裏口にまわる。その距離から、一人で住むには十分すぎるほどの広さと分かる。

「ごめんください」

勝手口の引き戸をゆっくりと開け、独楽子は中に入っていった。

着古した絣《かすり》の着物に前掛け。粗末な手ぬぐいのほっかむりをつけ、やや顔を隠している。二回りは歳を取って見えるよう、千恵の仕草を思い出し、重い荷物に疲れたそぶりで呼びかける。

「小間物の入用《いりよう》はございませんか？　お化粧、櫛《くし》、舶来《はくらい》の小物まで色々そろえてますよ」

廊下に響く声に気づいた女中が顔をのぞかせ、「小間物屋さんよ」と、さらに奥へ声をかける。独楽子が上がり框《かまち》に引き出しを並べていると、前掛けとたすきをつけた四人の女中が集まってきた。

彼女たちは框に膝をつき、三々五々《さんさんごご》商品を手に取り始める。その様子を見守りながら、独楽子はそれとなく切り出した。

「もし奥様やお嬢様がいらっしゃれば、ぜひお呼びくださいまし」

「奥様はお出かけして、今はいらっしゃらないのよ。お嬢様はお勉強の最中だから、声をかけたら先生に叱《しか》られるわ」

なるほど。この家にはお嬢様——トミの娘がいるようだ。

独楽子は目立たないよう、終始腰をかがめて相槌《あいづち》を打った。

「厳しい先生でございますね」

と、女中たちは含み笑いで目を見合わせる。

「最近来るようになった方よ。歌舞伎《かぶき》の女形みたいに見目が良くて……」

「でもまじめな方。無駄なことはいっさい話さないの。私たちとは挨拶《あいさつ》をするくらい」

まちがいない。恭一だろう。独楽子は簪をひとつ手に取った。

「こちら、若い女性に人気のお品なんですよ。お嬢様はおいくつですか？」

「千代子《ちよこ》様は数えで十五歳におなりよ」

（えっ⁉）

顔には出さず、心の中で絶句する。

トミの娘は蝶子と同じ歳なのか。名前も千代子と、よく似ている。

「千代子様はね、絵がお得意なのよ。この間、何とかいう大会で大賞をお取りになったんだから」

「女学校に、習い事四つに、今度は家庭教師。毎日お忙しそう」

「奥様は、お嬢様の教育にそれはそれは熱心だものね」

「旦那様《だんなさま》にお願いして、立派なところに嫁がせるつもりなんでしょう」

「正妻の子に負けてらんないものねぇ！」

物売りを置物とでも思っているのか。女中たちは声を潜めるでもなく、明け透《あす》けにおしゃべりをしながら、引き出しの中の品を手に取っては戻す。

「でも気づいてる？　奥様は、千代子様の習い事や家庭教師を自分のお金でまかなわれているみたい。旦那様に隠しているのよ」

（へぇ？）

独楽子は関心がないふりで、いっそう耳をそばだてた。

「そうなの？　どうして？」

「奥様、旦那様にはいつも『女の子は学問をすると生意気で反抗的になります。楽しく好きに遊ばせて、適当な頃合いで縁談を勧めるほうが手を焼かずにすみますよ』なんて入れ知恵してるからでしょう」

「確かに。そう話しているのを私も聞いたことがあるわ」

「どういうこと？」

「真に受けた旦那様は、千代子様だけでなく、正妻のお嬢さんのほうもすっかり自由にさせてるんだとか。習い事もさせず、勉強しなくても叱らず」

「だから、どうしてそんなことを？」

「鈍いわね。いざ大人になって縁談が持ちあがった時、千代子様は出来が良くてしつけが行き届いていて、あちらのお嬢さんは頭が悪くて取り柄がないってことになるじゃない」

ひとりの言葉に、他の三人は「あぁ！」と声を上げた。

実際、千代子は絵画のほかにも裁縫《さいほう》やお花、琴《こと》などに秀でているらしい。性格はまじめで慎《つつ》ましく、近所でも評判の娘だという。

「娘が二人いたとしたら、当然お婿さんは出来がいいほうを選ぶわよねぇ」

「出来損《できそこ》ないのほうは、気がついた時は取り返しがつかないってこと？」

「おそろしや、おそろしや！」

楽しげにおしゃべりに興じていた女中たちは、ほどなく「この櫛をちょうだい」「私は紅を」と言い始める。勘定《かんじょう》に応じながら、独楽子は焦燥《しょうそう》に胸が騒ぐのを抑えられなかった。

（どういうこと？）

蝶子の家庭教師を辞した恭一は、なぜトミのもとへやってきたのか。なぜ今はトミの娘の教師をしているのか。答えはひとつしかない。

おそらくトミは、蝶子がきちんと勉強をし始めたことをどこからか聞きつけ、その原動力である恭一を自分の娘の家庭教師にと引き抜いたのだ。そして蝶子がやる気をなくすよう仕向けた。――それが真相なのではないか。それなら彼が急に職を辞した説明がつく。

勘定をすべて終えると、重い荷物を背負い、よたよたとした足取りを装《よそお》って勝手口から外に出る。裏門を出てから足を止め、独楽子は肩越しに瓦葺《かわらぶ》きの屋根を振り返った。

（でも恭一さんは、なぜ引き抜きに応じたりしたの……？）

考えられる理由としては給金である。蝶子から恭一を引き離したかったトミは、彼に家庭教師として破格の金額を提示したのだろう。

（でも、本当にそれだけ……？）

どうにも釈然としなかった独楽子は、新たな謎を明らかにせんと、とある人物に連絡を取った。劇団にいた時に知り合った婦人雑誌『令女画報《れいじょがほう》』の編集者である。令女画報は、女学生から二十歳《はたち》前後の女性を対象とした娯楽《ごらく》雑誌だ。様々な読み物の中に、全国の評判のいい令嬢や一芸に秀でた女学生を紹介するコーナーがある。

知り合いの編集者に千代子のことを伝えると、興味を持って食いついてきた。絵画の学生コンクールで大賞を取った、多才で評判の良い女学生。紹介記事にぴったりである。取材を申し入れたところ先方も快《こころよ》く応じてくれたとのことで、編集者に頼み込み、独楽子もその訪問取材についていくことになる。

目的は恭一と会って話をすることである。編集者が千代子を取材している間、独楽子はこっそり抜け出して彼を探すつもりだ。

というわけで翌週、独楽子は再び神田は剛三の妾宅《しょうたく》を訪ねたのだった。編集者とカメラマン、そして見習い編集者に扮《ふん》した独楽子という組み合わせである。

独楽子は行商の時のくたびれた恰好《かっこう》とちがい、頰紅《ほおべに》までつける派手な化粧《けしょう》をして臨んだ。おまけによそ行きの洋服に革製の婦人靴《ふじんぐつ》である。我ながら絵に描いたようなモガ。数日前に話をした女中たちに会ったとしても、行商と同じ人間とはまちがっても思うまい。

表玄関から訪ねた一行は、女中によって丁重に居間に通された。元は和室ながら、絨毯《じゅうたん》やソファなど舶来の家具を入れて西洋風にしつらえた部屋である。

待つほどもなく着物姿のトミと千代子の母娘がやってきた。トミは、なるほど気の強そうな美人である。千代子は桜色の娘らしい振袖《ふりそで》を身に着け、緊張した面持《おもも》ちで母親の後ろに控えていた。まっすぐな黒髪を共布の友禅《ゆうぜん》のリボンで飾った、可愛《かわい》らしい少女だ。

編集者はさすがに慣れたもので、雑談を交わしながら千代子を落ち着かせ手際《てぎわ》よく写真を撮った。その後くつろいだ雰囲気《ふんいき》で取材を始める。雑誌の取材がめずらしいのだろう。女中たちも見物に集まってくる。

そして思った通り、誰も独楽子のことに気づく様子はない。

明るく和《なご》やかなその場から抜け出すタイミングをうかがっていたところ、トミの姿が消えていることに気づいた。ご不浄だろうか。

（ともあれ今しかない――）

独楽子はひそかに居間から離れ、忍び足で家の奥に入っていった。万が一にもトミに見つからないよう、細心の注意を払って人気《ひとけ》のない屋敷の中をうろつく。恭一の姿を探し、誰もいない座敷をひとつひとつ見てまわる。

ふいに、どこからかひそひそと話をする声が聞こえてきた。足を止めて耳をすますと、それはひそひそ声ではなく、秘めやかな息遣いとわかる。何とふすまの向こうで情事が行われているようだ。

（もしかしてトミさん……？）

平日の午後である。多田剛三は仕事に出ており、現在この屋敷にはいないはず。つまりもしふすまの向こうにいるのがトミなら、浮気をしているということになる。

独楽子はふすまの端に指をねじ込み、音を立てずに少しだけ開けた。細い隙間《すきま》から向こうをのぞき――

「トミさん……っ」

その瞬間、聞こえてきた声に耳を疑った。真ん丸になった目に、前髪を乱した恭一の横顔が映る。

（ひぇぇぇ……!?）

彼女の私室なのか。鏡台が邪魔になってすべては見えないが、半分以上着衣のまま重なり合う男女が恭一とトミであるのはまちがいない。

（つまり……トミさんが恭一さんを籠絡《ろうらく》した……？）

だが、一体いつ、どんな成り行きでそんな事態になったのか。初めに関係を持ったのは彼が蝶子の元を辞した前か、後か。

いっそうの混乱に見舞われながら、独楽子は音を立てないようそっとふすまを閉じた。

しばらくすると、廊下《ろうか》から「奥様、奥様」と女中の呼ぶ声が聞こえてきた。続いて「行かないと……」という、トミのけだるいつぶやきも聞こえてくる。

乱れた着物を手早く整えたトミが部屋から出ていった気配を確かめて、独楽子は再びふすまを開けた。

「恭一さん、どういうこと？」

「独楽子さん……!?」

突然の登場に、さしもの冷静な恭一も驚いたようだ。乱れて落ちた前髪を、慌てて手で後ろになでつけて居住まいを正そうとする。

「なぜこのような場所に――」

「それはこちらの台詞《せりふ》よ。あなたがいなくなって、蝶子様がどれだけ悲しんでいらっしゃるか分かるでしょう？　どうして彼女を放ってこんなところに来たの？」

「それは……」

「てっきり脅迫《きょうはく》でもされたのかと思ったけど……」

だがトミと彼との情事を見た後では、別の予想が頭をもたげる。

「まさかあなた、トミさんのスパイだったの？」

腰に手を当てて問い詰めると、彼はしばしの沈黙の後、観念したようにうなずいた。

「……ええ」

「どうして？」

「子供の頃、私は彼女が働いていた料亭に奉公《ほうこう》に出されていました。そこで世話になり

──」

そういえば、トミは元は料亭の女給だとハツが言っていた。

「そんなに昔からの知り合いだったの……⁉」

「はい」

恭一はぽつぽつと続けた。

子供だったとはいえ、彼は面倒見のいい美人の女給に心を奪われた。トミもまた、恭一を弟のようにかわいがった。そのため恭一の恋心は歳《とし》を重ねるごとに募《つの》っていき、彼女が多田の囲い者になってからもそれは変わらなかった。苦学して大学に入った恭一は、ある時トミにひそかに文《ふみ》を送り、そこから二人の秘密の関係が始まったという。

「トミさんは、正妻にしてほしいと多田氏にたびたびせがんだそうです。だが彼は、今の奥方《おくがた》と別れるつもりはないとにべもなく。そのせいでトミさんは、自分の娘と同じ歳の蝶子お嬢さんに激しい敵愾心《てきがいしん》を向けるようになってしまったんです」

何としても自分の娘を、正妻の娘よりも良い婿に嫁《とつ》がせよう。

その一心でトミは多田に恭一を紹介し、蝶子の家庭教師として送り込み、様子を逐一《ちくいち》報告させた。同時に彼女をなるべく愚かに育てるよう指示してきた。実際、蝶子はどうしようもない娘だったので、恭一は何もしないことでトミの計画に加担した。

「でも蝶子様は少しずつ変わり始めた──」

独楽子のつぶやきに、彼は眉根《まゆね》を寄せて首肯《しゅこう》した。

「私は蝶子様の変化について、トミさんに報告していません。ですがそろそろ年頃ということもあり、次の手を打とうと考えたようです」

「次の手？」

「先月、トミさんは私に、蝶子様に色恋を仕掛けて一線を越えるよう指示してきました」

「は⁉」

「あちこちで言いふらし、彼女の評判を貶《おとし》めるためです」

「ひどい……」

そんな話が広がれば、蝶子はまともな縁談を望めなくなる。彼女の将来を台無しにする仕打ちだ。

恭一は力なくつぶやく。

「最近の蝶子様が頑張るお姿を目にするうち、自分の卑劣《ひれつ》さに嫌気がさしてきました。どうにも我慢がならず、それでここに……」

「トミさんは、蝶子様が努力されて変わったことを知らないのね？」

「ええ、話していません。知れば妨害するでしょうから」

恭一は『蝶子はすっかり太ってしまい、動くのもままならないほど。癇癪《かんしゃく》がひどいので逃げてきた』とトミに訴えたという。そしてこの屋敷の近所に部屋を借り、トミが蝶子を気に留めなくなるよう、できることをしていると話した。剛三のいない時にやってきて、千代子の勉強を見ているのも、そのうちのひとつ。

「トミさんの悪意が蝶子様に向かないよう、守ってくださったのね」

「そんな立派なものでは……」

眉根に皺を寄せたきまじめな顔で、彼は首を横に振った。自分の都合で罪のない少女を破滅させることに二の足を踏んだだけ。それでも仮にトミがどうしてもと言えば逆らわなかっただろう。

告白は、実際ひどく身勝手なものだった。感心が不快感に侵食されるのを感じながら、訊かずにいられない問いをぶつける。

「それでもトミさんを愛しているの？」

恭一は虚を衝《つ》かれたように言葉を詰まらせた。

「……このままではいけないと分かっています。千代子さんも薄々勘づいている様子。いっそ何もかも振り捨てて逃げようかと考えることもあります。ですが……トミさんの顔を見ると、どうしても決心が鈍ってしまい――」

苦悩する様は、これまでの冷徹な彼からは想像もつかないほどなまめかしい。このままつきまとったところで、トミの心が恭一に傾くことはないだろう。傍目《はため》からはこの上なく明確な事実も、恋に囚《とら》われた者には見えない。望まぬ結末から目をそらし、万が一の希望にすがって愚かしくあがく。――洋司にいいように利用され捨てられた独楽子が言えた義理ではないが。

　ふいに女中たちの話し声が近づいてくる。独楽子はぎくりとした。

「取材が終わったのかしら……」

　居間のほうを見やり、急いでトミの部屋から出る。恭一もついてきて音を立てずに襖《ふすま》を閉める。別れ際、彼は最後にこちらに向き直る。

「本宅に戻るつもりはありません。蝶子様には、私は見つからなかったとお伝えください」

　着衣を整え、髪の乱れも直した姿は、色恋の香りなどみじんも感じさせない。独楽子が知るいつもの彼だった。

「蝶子様、蝶子様……」

　その日、独楽子はダンス講師への復帰に向け一縷《いちる》の望みにすがる思いで、およそ十日ぶりに多田家の本宅を訪ねた。

　恭一の事情を思えば、どう転んだとしても、蝶子のもとに帰ってくることはないだろう。独楽子は彼女にそれを納得させ、それでも前向きに生きるよう励《はげ》まさなければならない。

トミによる質《たち》の悪い計画をくじき、蝶子に本来の人生を進んでもらうために。

（とはいえ……）

恭一とトミの関係については口が裂けても話せない。もし彼が最初から蝶子を陥《おとしい》れるために送り込まれてきていた――彼はトミの計画を知りながら黙って協力していたなどと知れば、蝶子がどれだけ傷つくことか。

つまり「恭一は見つからなかった」で押し通すしかないのだ。困った。

通用口で迎えてくれたハツに蝶子の様子を訊ねると、ハツは顔を曇らせて首を振った。

「先生を恋しがり、ずっと寝室にこもって泣いておいでです……。せっかく順調だった勉強も今は手につかず、食事も喉《のど》を通らないありさまで、すっかりおやつれになって……」

「そう……」

劇団では男女の愁嘆場《しゅうたんば》を多く目《ま》の当たりにした。失恋した仲間の女優を慰めたことも数えきれないほどある。深みにはまっている間は大変だが、目が覚めてしまえばそれだけのこと。大事なのは目が覚めるまで寄り添う姿勢だ。

（まぁ何とかなるでしょ）

深呼吸をして、独楽子は蝶子の部屋のドアをノックした。

「蝶子様。独楽子です」

そう声をかけたとたん、部屋の中で大きな足音が響き、転がるようにして少女が部屋から出てくる。

「独楽子さん、先生は見つかって⁉」

「いえ、それは……」

曖昧《あいまい》に首を振ると、彼女は目に見えて落胆《らくたん》した。

「そう……」

うつむく姿は、確かに少し痩《や》せたようだ。泣き腫《は》らした目は赤く、髪はぼさぼさ、あれだけオシャレ好きだったにもかかわらず、着ているのは寝間着の長襦袢《ながじゅばん》一枚である。ずっと寝室にこもっているというハツの言葉は、大げさではないのだろう。

「私、今は何もしたくないの。先生の居場所が分からないなら放っておいて……」

蝶子は悄然《しょうぜん》と言い、扉を閉めようとした。

また閉じこもる気だ。そうはさせじと、独楽子は扉にしがみつく。

「ですが、お勉強も、ダンスも、あんなに頑張っていたではありませんか！　続けなければもったいないですよ」

「放っておいてってば！　全部先生がいたからこそよ。先生に褒《ほ》めてほしくて頑張っていただけなのだもの……」

「止めてはいけません。勉強して、良い成績で学校を卒業することは、蝶子様の未来をきっと良いものにする。――先生なら、きっとそう仰《おっしゃ》るのではないですか⁉」

「そう思うなら先生を連れてきて！　それができないなら放っておいて！」

扉を閉めようとする蝶子と、させまいとする独楽子の間で、木製の扉がきしむ音を立てる。

「先生がいないなら、勉強なんかしたって意味はないの！」

「でもそれでは……！」

全力で扉にしがみつきながら、独楽子は負けじと声を張り上げた。

「それでは、蝶子様の幸せをよく思わない人の思うつぼです！」

「……何のこと？」

蝶子は変な顔をする。力尽きたのか、彼女はドアノブを放し、はぁはぁと息を乱して訊き返してきた。

「私の幸せをよく思わない人って？」

「何と言いますか……」

「そんな人はいないわ」

「いやぁ……いるかもしれません」

「誰？」

「例えば……そう、旦那様《だんなさま》のお妾《めかけ》さんとか……」

「その人がなぜ私の不幸を願うというの？」

独楽子の答えを耳にして、蝶子はますます変な顔をする。

会ったこともない人間が自分を呪うなど考えもしないようだ。同じ歳《とし》の異母姉妹の存在についても知っているのかどうか。

寝耳に水の情報をどう咀嚼《そしやく》したのか、蝶子はやがて両眉を釣り上げる。

「呆《あき》れた！　先生を見つけてこられなかったからといって、知らない人に謂《いわ》れのない汚名を擦《なす》り付けてまで、私にダンスをさせようというの⁉　単にあなたが職を失いたくないだけのことじゃない！」

「違います！　そんなつもりじゃ……っ」

「お黙りなさい！」

「なんと言いますか……」

釈明しようとするが、恭一とトミの関係を話せないのではいかんともしがたい。

蝶子は今度こそ勢いよく扉を閉めてしまう。木製の扉越しに、怒りに満ちた少女の声が聞こえてきた。

「これ以上、恥知《はじし》らずなことを言うとひどいわよ！　そもそもあなたはとっくにクビになったんだから、のこのこんなところまで来るほうがおかしいのよ！　いいかげん出ていきなさい！」

「火に油を注ぐことになったな」

その日の夜、話を聞いた清隆はそう言って独楽子のお猪口《ちょこ》に酒を注いだ。

「十五歳ってのは色々激しいなぁ」

新聞社の近くにある、彼の行きつけの小料理屋である。せまい店内に卓が詰め込まれ、勤めを終えたサラリーマンが集まってにぎやかだ。

蛸《たこ》の刺身、ふき味噌、若竹煮《わかたけに》になめろう。目の前に並べられた酒肴《しゅこう》に手を付ける気にもならず、独楽子は落ち込んでいた。

「うまく事情を話せなかった私の落ち度よ……」

「で、どうするんだ?」

「どうしようもないでしょう」

蝶子からきっぱりとこれ以上の接触を拒《こば》まれてしまったのだ。お手上げである。蝶子はあの後、二度と独楽子を家に入れないよう、家の者たちに指示したらしい。

つまりはダンス講師への復帰も絶望的。良家の子女を生徒とする講師としての未来は泡《あわ》と消えた。

肩を落とす独楽子の前で、清隆はひとりでするすると酒を飲む。

「話を聞いた感じでは、お嬢さんに関しては時間が解決する問題だと思う。だがトミがお嬢さんに向ける敵意に関しては、少々厄介《やっかい》だな」

「そうなのよ。彼女の悪意に誰も気づいていないんだもの。かといって部外者の私が警告したところで信じてもらえるはずがなかったわ……」

蝶子がこの先、トミの卑劣《ひれつ》な工作によって傷ついたり、損をするようなことがなければいいと思う。だがこうなってはもう、遠くから彼女の幸せを祈ることしかできない。

「おいおい」

弱気な発言に、清隆が顔をしかめた。

「君はこの件を化け込み記事にすると言ったじゃないか。こんな中途半端なところで尻尾《しっぽ》巻いて降参するつもりか？　そんなんで記者になれるとでも？」

「そんなこと言ったって……」

あれはあくまで清隆を動かす口実だ。実際に書くつもりはさらさらない。――とは言えない。

視線を泳がせる独楽子に気づく様子もなく、清隆は音を立ててお猪口を卓に置いた。

「いいか。記者とは、記事には力があると信じる人間のことだ。記事を書けば世の中を変えることができる。出来事の結果を変えることもあるし、人の考えを変えることもある。そうやって世の中を少しでも良いものにする。それが記者という仕事の意義だ」

酔っているわけではないようだ。力強くそんなことを論じる清隆の目には、どこかおもしろがるような光がある。つまり記事を書けば蝶子の現状を打開できるとでも言いたいのか。

（まさか——）

意図が分からず、独楽子は彼のお猪口に酒を注いだ。

「これは政治や経済のような問題じゃないわ」

「巷《ちまた》には様々な新聞や雑誌があふれている。その中には個人の問題を取り上げるものもある。君の主張が正しければ、きっと事態は動く」

「というと？」

清隆はひと息に酒を呷《あお》って言った。

「赤新聞《あかしんぶん》を発行している知り合いがいる」

「赤新聞？」

急に下世話な話になった。赤新聞とは、政治家や華族、花柳界《かりゅうかい》の醜聞《しゅうぶん》など、暴露記事を主とする低級紙である。

ますます分からず首をかしげると、彼はお猪口を持ったまま人差し指を立てた。

「記事を持ち込むなら紹介する」

「あ……！」

そうか。その手があったか。独楽子はようやく彼の意図を理解した。

それからの行動は早かった。じっとしていられなくなった独楽子は、楽しく酔っているのにと渋る清隆を急《せ》かして小料理屋から引っ張り出し、東日の編集部に送り込んだ。そして待ち合わせた六丁目のカフェーでコーヒーを飲んでいると、しばらくして彼は、自分の机から持ち出した原稿用紙と鉛筆を持って現れる。今度は清隆にコーヒーを飲んで待っていてもらい、独楽子はその場で記事を書いた。

題して「囲われ美女　ひるなかの情事」。名前は伏せ、それでも読む人が読めばトミとわかるような説明とおおよその住所を添えて、「成金《なりきん》の妾として何不自由ない生活をしながら、旦那のいない日中、近所に住む若くて見目のいい情夫《いろ》と秘密の関係を続けている。それも相手は娘の家庭教師。二人の関係はここ数か月ではなく、数年も遡《さかのぼ》ることができる。知らぬは旦那ばかりなり。」といった内容を綴《つづ》っていく。

「こんなものかしら」

書き上がった記事を清隆に見せたところ、彼は敷島をふかしながら大量の赤字を入れてきた。少し表現を変えるだけで、記事の内容はひときわ淫靡《いんび》になると実践《じっせん》的な知恵をつけてくれる。さすがプロ。普段は硬派な記事を書いていながら、煽情的《せんじょうてき》な文章を書く術《すべ》も心得ているとは――。

素直に感心しかけたところで、独楽子はピンときた。

「察するに、清隆さんも赤新聞に寄稿しているのね？」

彼は煙草《たばこ》を指にはさんだままニヤリと笑い、バレたか、とつぶやく。

「小遣い稼《かせ》ぎに、たまにな」

ともあれ赤を直して清書した記事を、今度は二人で赤新聞の編集部に持っていった。

低俗な新聞だと、一般的には眉《まゆ》をひそめられる媒体《ばいたい》だが、その実人気は高い。記者も忙しいのだろう。すでに深夜と言っていい時間だったが、編集部にはまだぽつぽつ人が残っていた。

清隆がまっすぐ向かったのは、窓際にある編集長と思われる男の席である。家に帰っていないのか、垢《あか》じみたシャツを着た四十がらみの男は、差し出された原稿を無言で受け取り、濃いクマの浮いた目をこすりながら目を通す。ややあって眼鏡《めがね》を押し上げ、悩む顔になった。

「内容はいいが、惜しむらくはこの成金の男も妾も無名ってことだな」

清隆が肩をすくめる。

「有名人のネタなら、もう少し抑えめにしてうちの新聞の三面に載せますよ」

「まぁいい。何であれ庶民《しょみん》は成金の醜聞が大好きだ」

無愛想に言い、男はズボンのポケットをさぐると、自分のシャツと同じくらいくたびれた一円札を二枚出してくる。

「こんなもんか」

「あ、ありがとうございます……」

目の前の紙幣《しへい》を、独楽子は感動と共に受け取った。自分が書いた記事が売れた。その事実が、思わぬ喜びとなってこみ上げる。

だが目的はそもそも記事を売ることではない。新聞掲載して、多くの人に読んでもらうことである。そうすればきっと蝶子を取り巻く環境も変わるはず。

翌日、早速当該《とうがい》新聞が売り出された。

清隆によると、記事のおかげでその日のうちに多田のもとへ多くの注進が行ったらしく、トミは逗子《ずし》の別荘にやられ、恭一は剛三に解雇されたという。意外だったのは、トミの娘の千代子は多田に引き取られ、蝶子と一緒に暮らすことになったという結果だった。

（蝶子様と、千代子さんが……？）

蝶子は突然現れた異母姉妹をどんな思いで迎えるのか。千代子は大人しそうな娘だったが、二人はうまくやれるのだろうか。心配は尽きなかったが、それもこれも、多田家への出入りを禁じられた独楽子には手の届きようのない問題だった。

そう。多田家のダンス講師の職を解かれてしまったからには、独楽子に残された道は婦人記者以外にない。明日の仕事のためにも、化け込み記事を書かないわけにはいかない。

独楽子は自分で原稿用紙を買って帰り、腰を据えて文机《ふづくえ》に向かった。

蝶子やハツ、サト、クマの顔が次々脳裏《のうり》をよぎるも、首を振ってそれを追いやる。必ずこの記事をモノにして婦人記者の職を得てみせる。

ダンス講師の募集に応じ、金持ちの屋敷に行った。そこで一人で暮らすお嬢様は、父親と兄にとても甘やかされており、自尊心が高く我儘《わがまま》で、やらなければならないことを何ひとつやらない子供だった。

けれどある日、道で出会った占い師に諭《さと》され、そのままではいけないと気がついた。

その日から彼女は、我儘を封じ、勉強を頑張り、習い事にも励《はげ》むようになった。それまで怠《おこた》っていた分、大変な努力をしながら、一人前の淑女《しゆくじよ》へと生まれ変わっていった。

そんな彼女に最近、思いがけず父親と妾《めかけ》の醜聞が襲いかかった。恥ずかしい家の子という世間の白い目に堪え、それでも蝶子は自分の努力を黙々と続けた。やがて母親の異なる姉妹が同じ家にやってきた時にも、温かく迎えた——かどうかは知らないが、そういうことにしておく。

一連の流れを、ダンス講師としての目線から綴っていった。

「いいんじゃない？　これ」

一日がかりでひと通り書き終えて読み返し、自画自賛する。

これならば硬派な新聞の色からも外れないはずだ。それに世間の人々は、しょうもない成金の醜聞と同じくらい、健気《けなげ》な子供の努力が報われる話も好むはず。それが無垢《むく》な少女ならなおさらである。

恭一の件は省略した。良家の令嬢が家庭教師に道ならぬ思いを寄せることが許されるのは小説の中だけだ。蝶子が世間からふしだらな娘という目で見られる事態は避けたい。

翌日、独楽子は一張羅《いっちょうら》の洋服を身にまとい、念入りに化粧《けしょう》もして、銀座にふさわしいモガの恰好《かっこう》で東京日出新聞の編集部に乗り込んでいった。

タバコの煙が充満する編集部にいるのは、相変わらず男ばかり。居合わせた記者たちが、突然やってきた毛色のちがう客に、いっせいに目を向けてくる。その中には清隆もいた。こちらを見てちょっと目を瞠《みは》り、それから口の端を持ち上げ、応援するように小さくうなずく。

独楽子は以前訪ねた主筆《しゅひつ》・西谷の席にまっすぐ向かった。

「記事を見ていただきにまいりました」

そう言って、昨夜書き上げて端を綴《と》じた原稿用紙の束を、西谷の机の上に置く。

まさか本当に持ってくるとは思っていなかったのだろう。地蔵によく似た西谷は、虚を衝《つ》かれた反応だった。おまけに「落ちこぼれ令嬢の成長を見守るの記」というタイトルを目にして、顔をしかめつつ原稿用紙を手に取る。

「化け込み記事か……」

あまり歓迎されていないようだ。

独楽子は机の前に立ったまま、一枚一枚ページを繰る手を、緊張で息が止まりそうになりながら見守った。

だが――。

読み終えた西谷は、口元に手を当てて難しい顔だった。芳《かんば》しい反応ではない。しばらくぺらぺらと原稿用紙をめくり返していた彼は、やがて顔を上げる。

「詰め込み過ぎだ。原稿の分量に対して情報量が多すぎる。それにオチが弱い。これじゃ尻切れトンボだ」

「――……」

つまり不採用ということか。散々な言われようへの衝撃は大きかった。

きっと高値で買い取ってもらえるにちがいないと意気込んできた分、厳しい現実に打ちのめされる。この記事が通用しないのでは、新聞記者を目指すのは難しい。

（また一から職探し……？）

目の前が暗くなりかけた時、西谷が声を張り上げた。

「久我！　ちょっと来い」

清隆が立ち上がってこちらにやってくる。彼が独楽子の横に立つと、西谷は原稿用紙の束を手でたたいた。

「これ、一回で終わらせるんじゃなく、五回くらいの連載にしよう。量を増やした分で情報を整理させろ。おまえが教えてやれ」

「はい」

清隆は受け取った原稿をめくっていく。

「それから締めをもっと何とかしろ」

「はぁ……」

中身にざっと目を通した後、清隆は主筆に向けて言った。

「じゃあいっそのこと、令嬢本人に取材するのなんてどうです？　新しく来た異母姉妹とうまくやっているなら、二人の生の声を載せるって手もありかと思いますが」

「よし、それでいこう。最後の取材の分、一回増やしてもいい。とにかく物にして持ってこい」

「はい」

頭越しに交わされる会話に、独楽子は「あの！」と割り込んだ。

「つまりこの原稿、採用していただけるってことですか？」

机に両手をついて訊ねると、西谷は少々ばつが悪そうに応じる。

「成金《なりきん》御殿《ごてん》への化け込みといえば醜聞《しゅうぶん》を書き立てる印象が強いが、こういう内容なら読者の評価も期待できる。ウチの色からも外れないし、それでいて刺激的だ」

ごほん、と咳払《せきばら》いをした後、彼は独楽子を見上げた。

「手直しは必要だが、買い取らせてもらおう」


その後、清隆の指導を受けながら第一回の原稿を完成させた。

ほどなく掲載された記事には、まずまずの反響があったという。それもいつもとちがい、女性読者からの反応が大半だったそうだ。お金持ちのお屋敷にいるような臨場感を味わいつつ、未来ある少女の成長を見守る気分になると、好意的な内容が多かったと聞き、独楽子は自信を得た。

二回目、三回目と回を重ねるごとに反響は大きくなっていった。一方で、社内からは「あんな軟派記事を載せるとは何事だ！」という声も多数上がっているらしい。

問題はもうひとつあった。

「まだ取材の許可を得てないって⁉　何をやってるんだ！　来週には記事が掲載されるんだぞ！」

めずらしく清隆に怒鳴られ、独楽子は肩をすぼめた。いつも穏和な彼も、仕事のこととなると頭に血が昇りやすくなるようだ。

「取材の申し込みには行ったんだけど、門の中にすら入れてもらえなくて……」

何しろ蝶子は、独楽子をダンスの講師だと信じていた。それが知らぬ間に自分のことを記事にして、新聞記者として新たに取材を申し入れてきたのだ。いくら好評といっても、衝撃を受けているのは想像に難くない。根津の屋敷を訪ねたところ、ハッに水をかけんばかりの勢いで追い払われてしまった。

だがしかし清隆は容赦《ようしゃ》なく申し渡してくる。

「一度断られたくらいで引き下がるやつがあるか！」

「一度じゃないわ。四回も訪ねたけど、けんもほろろで」

「十回でも二十回でも頼み込め。何としても取材を実現させるんだ」

「そうはいっても……！」

数日のあいだ電話や訪問で依頼をくり返し、最終的には清隆も一緒になって懇願《こんがん》したものの、結果は変わらなかった。

先方は頑《かたく》なに記者との接触を拒《こば》んでくる。

原稿の締め切りの日、ついに主筆も苦い顔でため息をついた。

「仕方がない。インタビューはあきらめるか。画龍点睛《がりょうてんせい》を欠く感は否《いな》めないが……」

結局、最初に独楽子が書いた形――傍で見守った少女の成長を通し、記者が受けた感動を綴《つづ》って締めくくる案で進めることになり、独楽子は記事の改稿作業に取り掛かる。

その時、編集部の入口で独楽子を呼ぶ声がした。

「おーい、お独楽さん！　客だよ！」

「客？」

「あぁ、かわいいお客さん」

入口を見ると、少女が二人、男の大声に驚いたように手を取り合い、不安そうにぴったりとくっついて立っていた。


訪ねてきたのは蝶子と千代子だった。蝶子はミモザ色のワンピース、千代子は蝶柄の萌《もえ》黄《ぎ》の着物姿である。そこにだけ春が来たかのようだ。

清隆が二人を会社の会議室に案内する間に、独楽子は心を込めてお茶をいれ、茶菓子と共に会議室に運んでいった。一体どういう心境の変化だろうか。今まで徹頭徹尾《てっとうてつび》取材を拒否する構えであったというのに。

独楽子がノートを手に席に着くと、蝶子が緊張の面持《おもも》ちで口火を切った。

「取材の件、初めは驚いて断ってしまったんだけど、考え直して……」

そして傍《かたわ》らの異母姉を見る。

「千代子さんが『悪く書かれているわけではないし、最後に自分の言葉で語るのもいいんじゃないか』って言うから……」

すぐ隣で千代子が言い添える。

「記事のおかげで私たち、なんだか申し訳ないくらいに色んな方々から応援していただいたんです。それで……」

「ね？」「ね？」とお互いにうかがい合う二人は、とても仲睦《なかむつ》まじく見えた。どうやら同じ家でうまくやっているようだ。

「でも取材を受けることを考えたいって、お父様に話したら大反対されて……」

「新聞に関わるなんて絶対に許さないの一点張りでした」

「あぁ……」

独楽子はうめいた。事情はよく分かる。多田剛三は、トミの件でぼちぼち記者らの突撃取材に悩まされたはずだ。身構えてしまうのもしかたがない。

それでも独楽子に直接気持ちを話したいと考えた二人は、一緒に銀座のカフェーに食事をしに行くと言って家を出て、こっそりここへ足をのばしてくれたらしい。よってあまり時間がないと言う二人に、独楽子は心から感謝を伝え、早速取材に取りかかる。

「初めて会った時、それぞれどのようなお気持ちでしたか？」

すると千代子が、これだけは伝えなければとばかり、決然と口を開いた。

「お父様から、正妻のお嬢様がいるお屋敷にひとりで移るよう言われて。どんな方なのだろうと、それはそれは緊張して向かいました。ですが蝶子さんは、最初から私にとても親切にしてくださって――」

するとと蝶子がその手を取る。

「あら、私もよ。お姉さまがいるということは何となく聞いていたけれど、一度も会ったことがないのに、お父様ったら急に一緒に暮らすようにって……。どんな方なのかと、とても憂鬱《ゆううつ》だったの。そうしたら、やってきたのはウサギのように物静かな方で、今度はどうお話をすればいいのか戸惑ってしまって……」

「そうだった？」

「そうよ。挨拶《あいさつ》の時なんて、カトンボみたいに小さな声だったじゃない」

「緊張していたから」

取材もそっちのけでクスクスと笑い合う二人を、独楽子は目を細めて見守る。

（よかった――）

この異母姉妹が、親の無思慮《むしりょ》や身勝手さに押しつぶされず、共に自分の道を歩く友人を見つけることができて、本当によかった。今目の前にいる二人が、何とも楽しそうに見えて本当に、本当に良かった。

そんな感慨《かんがい》を抱きながら、次の質問をする。

「お互いにとても緊張していたんですね。何か、打ち解けるきっかけはあったんですか？」

すると、蝶子と千代子は顔を見合わせて同時に噴き出した。

「え、何ですか？」

笑顔のまま首をかしげる独楽子に、二人は口々に訴えてくる。

「先生の悪口！」

「そうなの。先生は最低って言い始めたら、お互いに止まらなくなって。だって本当にひどいじゃない！」

「ねぇ！」

蝶子にとって、恭一の真実は残酷《ざんこく》なものだっただろう。父親の妾《めかけ》と関係を持っていたというだけでも衝撃だったろうに、さらに二人の関係が昔から長く続いているものだったとすれば、彼が蝶子の家庭教師になったのが単なる偶然でないことも察せられたはずだ。

だが今はころころと笑っている。

「最低過ぎて、さすがに目が覚めたわ」

蝶子はけろりとそう言い放った。

千代子は千代子で、彼が母親と不適切な関係であることは早くから気づいていたらしい。にもかかわらず素知らぬ顔で自分の教師をしていた男に対し、拭《ぬぐ》い難い嫌悪があったという。

つまりは二人で恭一への非難を吐き出すうちに仲を深めたようだ。乙女心《おとめごころ》は分からない。

メモを取りながら、いつしか独楽子の頬《ほお》もゆるんでいく。

これまで通り、恭一が蝶子の家庭教師だったことを伏せたまま、二人の言葉を記事にできそうだ。男性読者はともかく、女性読者にはこの赤裸々《せきらら》さが受けるのではないか。

頭の片隅で計算しながら、その後もいくつかの質問を重ねていく。最後に、取材を受けてもいいと考えた理由を改めて問うと、まずは蝶子が答えた。

「過分な記事にしていただいたけれども、最後は自分の言葉で語りたくて」

続いて千代子がはにかむように口を開く。

「私が幸せに過ごしていることを、母に伝えられればと思って」

二人は取材が終わった後も、手をつないで帰っていく。車が待っているという場所まで送る最中、千代子がショーウィンドーに飾られていた帽子に釘づけになり、店の中へと入っていった。その後に続いて入店し、彼女が帽子の試着をしているのを見守る間、蝶子がぽつりとつぶやく。

「さっきはああ言ったけど……」

目を伏せて、独り言のように、彼女は小さな声で言った。

「取材を受けたのは、あの人に届けばいいと思ってのことよ。もう私に対して、罪の意識を持つ必要はないんだって」

蝶子との仲直りは成ったとはいえ、勝手に記事を書いた独楽子が再びダンスの講師に戻れるはずもなく、結局勤めた日数分の給金だけをもらって放逐《ほうちく》された。

とはいえ新聞社に戻る道すがら、独楽子は浮かれ気分だった。連載は大成功のうちに終わるだろう。今回は寄稿という形での掲載だったが、もしかしたらこの成功をきっかけに、正式に記者として雇ってもらえるかもしれない。

（婦人記者になれるかもしれない！）

少し前までは夢のまた夢だと思っていたことが実現するかもしれないのだ。これが浮かれずにいられるだろうか。

最終回の原稿を読んだ西谷は、「よし、これでいこう」と満足そうにうなずく。それに勢いを得た独楽子は、机に手を置いて詰め寄った。

「私を記者として正式に雇っていただけないでしょうか⁉」

相手はそれを予期していたようで、顔を上げてしばし思案顔になる。

「う～ん……」

目を閉じて考える様は、まさに丸眼鏡《まるめがね》をかけた地蔵そのもの。腕組みをした彼は、やがて慎重に言った。

「私は今回の記事を面白いと思った。それに新規の読者――ことに女性読者の獲得につながった。今後を考えると得難い結果だ」

「では……！」

「だが、だから売り上げにつながったかというと、そこまでではない。それにウチの記者にはこの記事を歓迎しない者も多い。しょせん一発屋だと言う者も」

それは清隆からも聞いていた。硬派な紙面作りに誇りを持つ古参の記者や、女性の書いた記事をありがたがることに反発する若手記者から、批判の声が根強くある、と。化け込み記事を持ち込めという清隆の案は、あくまで新聞の格を保ちながら利益を上げることを考えなければならない主筆《しゅひつ》の事情を衝《つ》いたものであったらしい。

だが今回の記事が、その事情に希望をもたらしたのもまた事実のようで。

「よって条件がある」

西谷は、くちびるにかすかな笑みを浮かべて言った。

「化け込みの第二弾を書いて持ってくること。今回の成功はまぐれでなかった、化け込み記事は掲載に足るものだと、他の記者に証明しなさい」

「証明……」

「読者から多くの反響が来て、今度こそ売り上げにつながるような記事を」

「――……」

いきなり難問である。正社員の記者たちだって、毎回毎回大反響な記事を書けるわけではないだろうに。

（でも――）

独楽子には他の記者たちのように立派な学歴も経験もない。記者になるためには、確かにこのくらいの証明がなければ認めてもらえないのかもしれない。

締め切りはなし。書けたら持ってこいというのだ。絶対に不可能ではない……はずだ。

独楽子は念を押す。

「次にそういう記事を書けたら、正式な記者として採用していただけるんですね？」

「いいだろう」

「わかりました。努力します」

とりあえず言質《げんち》を取ったことに満足し、独楽子は編集部を後にした。

日が傾き始め、銀座の通りにはいっそう人通りが増えてきている。紳士服、帽子、化粧品《けしょうひん》、洋菓子、洋書と、様々な店舗《てんぽ》のショーウィンドーを眺めて歩いていると、話を聞いたらしい清隆が追いかけてきて隣に並んだ。

仕事中に、急いで上着だけはおって出てきたのだろう。ネクタイが緩《ゆる》んでいる。

「聞いたよ。残念だ。これでいけると思ったんだが――」

「平気。今はこれでよしとするわよ」

独楽子は足を止めずに、他の記者とは少しちがう、仕立ての良い濃灰色の背広を見上げた。

「とりあえず希望は出てきたから」

新聞社に突撃をかけた時には、丸ごと自信を失っていた。洋司に振られ、劇団をクビになり、何もかも失った気分で、自分が今までやってきたことはすべて無駄だったと感じていた。だが今はちがう。

多田家の化け込み記事が成功したのは、演技を頼りとする作戦が功を奏したためでもあった。すらすら記事を書けたのは、女優として成功しようと、様々な戯曲《ぎきょく》や小説を読んできたおかげでもあるだろう。

しかもそれが、二人の少女を取り巻く状況を変えることにつながったのだ。世の中を、ほんの少しだけ良くしたと感じる。

今までの自分の人生も、すべてが無駄なわけではなかったと思える。今はそれがうれしい。

悲嘆《ひたん》に暮れるしかなかった惨《みじ》めな自分から一歩を踏み出した感慨を胸に、独楽子はヒールを鳴らして清隆の前に回り込む。希望とやる気を胸に上を向き、笑顔で言った。

「第二弾はどんな計画にしようかしら？」

第二話　潜入、デパートガール

その日、独楽子《こまこ》は昼過ぎに上野《うえの》の三行《さんこう》百貨店に赴《おもむ》いた。

都電の上野広小路駅《ひろこうじえき》の目の前である。視界に入りきらないほど大きな西洋風の建物を、うんと首を後ろに傾けて見上げる。写真で見る異国の古い神殿のように、花崗岩《かこうがん》の高い柱が幾つも並び、その間を赤い煉瓦《れんが》の壁面が飾っている。四階建てだが、立派な屋上もあるため、もっと高く見えた。壮観というほかない。

入口に入っていくと、洋風の外観とは裏腹に下足を取っており、客は皆そこで履物《はきもの》を脱いで店員に渡していた。百貨店周囲の道路は舗装《ほそう》されていない。大勢の客が土足で上がって埃《ほこり》が立ち、商品が汚れてしまうのを防ぐためである。

いつもは洋装の独楽子も、今日は訳あって着物に白木の千両下駄《せんりょうげた》だ。店員に履物を預け、足袋《たび》のまま絨毯《じゅうたん》の敷かれた店内へ進んでいく。と、急に視界の開ける感覚があった。

入っていった一階から、最上階の四階までが吹き抜けになっているのだ。それぞれの階層の天井が高く設計されているため、その開放感は息をのむほど。正面玄関を見下ろす二階部分に、テラス風に張り出した特別展示場があった。その時々で、店内でひときわ価値のある商品を飾るようだ。今はグランドピアノなど西洋の楽器が飾られている。

（へぇー。すごいわねぇ……）

すっかり暖かくなった四月。天気の良い休日である。人で混み合う中を、独楽子はきょろきょろと周囲を見まわしながら進んだ。

通路脇にはずらりとショーケースが並び、その向こうに女性店員が立って接客をしている。

一階には日傘やハンドバッグ、扇《おうぎ》といったものを取り扱う婦人雑貨売り場と、洋酒や菓子その他、生鮮以外の食品を扱う食品売り場が広がっているらしい。

独楽子が目指す喫茶室《きっさしつ》は、ふたつの売り場の奥にあった。

人混みに流されるようにゆるゆると歩き、独楽子はまっすぐ喫茶室に向かう。

ようやく着いて店の中をのぞいてみれば、そこには今日ここに独楽子を呼び出した当人の姿があった。

久我清隆《くがきよたか》は芥子《けし》色の三つ揃いを身にまとい、いつものようにテーブルにコーヒーを置いて、くつろいだ様子で新聞を広げている。独楽子に気づくと、彼は軽く手を上げた。

「やぁ、よく来てくれたね」

「お招きどうも」

「よかった。心配はしていなかったけど、さすがに粋《いき》だね」

独楽子の和服姿を前にして、彼は目を細める。

春らしい朱鷺《とき》色の着物である。帯は藤紫、羽織《はおり》も深紫を重ねて年相応の落ち着きを添えた。羽織の胸元に珊瑚《さんご》のブローチをつけてアクセントにしている。

「和服で来るようにって言われたからよ。まぁ全部借り物だけど」

昨日ふいに清隆から電話がきたのだ。明日、三行デパートの喫茶室に和服で来てほしい。髪はこてを当てずにまっすぐな状態で。

首をかしげながらお姐《ねえ》さんたちに相談し、身《み》支《じ》度《たく》を整えた次第である。つまりは粋筋《いきすじ》の集合知。恰好《かっこう》つかないはずがない。

「いったい何なの？」

「襟《えり》のブローチ、お洒落《しゃれ》だと思うけど、今だけ預かってもいいか？」

「どうして？」

「これから引き合わせる人が、なるべく清楚《せいそ》で大人しい女性を求めているからだ。個性はない方が望ましい」

「――……」

いやな予感に、独楽子は眉根《まゆね》を寄せた。

そんな独楽子を、くっきりとした二重《ふたえ》の目が笑みを湛《たた》えて見つめてくる。

「何なの？　まさか——」

多大なる不信と警戒を込めて言いかけると、清隆が両手を持ち上げた。

「安心しろ。見合いじゃない」

そのとたん肩から力が抜ける。

「じゃあ何なの？　清楚でおとなしい女って」

清隆は「いいかな？」と断って、敷島《しきしま》を一本取り出し、火をつけた。

「君、化け込み記事の第二弾はどうするつもりだ？　何か案はあるのか？」

「それが、なかなか……」

何しろ第一弾で大きく弾みがついた形である。婦人記者になれるかどうかの試金石でもあるため、第二弾は決して失敗できない。誰が読んでもおもしろい内容にしなければ。

とはいえこの不況である。意気込みとは裏腹に、いい化け込み先を見つけるどころか、潜り込む先を探すのもひと苦労だった。いっそのこと自分が女優だった頃に見聞きした、劇団内の痴情《ちじょう》のもつれでも書いてやろうかと考えていたところだ。ある程度名の知られた女優と俳優の、不倫を含めた三角関係である。

「でもそれじゃ東日《とうにち》には採用されないでしょう？」

独楽子《ウチ》の問いに、清隆は煙を吐きながらうなずいた。

「東京日出新聞は硬派で売ってるからな。醜聞一辺倒《しゅうぶんいっぺんとう》になると難しいだろう」

「ということで、何かいい案がないか考えているところよ……」

「よかった」

「よかった？」

独楽子は声を尖らせる。

だが彼は笑顔で身を乗り出してきた。

「そこでひとつ提案なんだが。デパートガールはどうだろう？」

「え？」

「華やかなデパートで働く女性店員の日常。──きっと読者が興味を持つと思うんだが」

「そりゃあもちろん！　私だって知りたいくらいだもの。きっと人気が出ると思うわ。でも……」

デパート──いわゆる百貨店は、明治の中頃から大都市に現れた、様々な商品をひとところに集めて売る形の商業施設である。

大抵は外国人の建築家による西洋風の巨大な店舗《てんぽ》であり、ステンドグラスや天井画など、まるで異国の城のように豪華な装飾に彩られた店内に、高価な着物や洋服、舶来《はくらい》の品々といった、きらびやかな商品が陳列《ちんれつ》されている。中には劇場や、西洋庭園を併設する場合もあり、庶民《しょみん》にとっては、わずかなりとも異国の雰囲気《ふんいき》を味わうことのできる特別な場所だ。

当然そこで働くデパートガールは若い女性にとって憧れの職業であり、浅草十二階《あさくさじゅうにかい》のごとく天井知らずの人気であると聞く。そもそもコネやツテで決まることが多いとか。

「きっと私なんかお呼びじゃないわ」

そう言うと、清隆は灰皿に煙草《たばこ》の灰を落としながら、首を横に振った。

「ところがそうでもないんだ。この三行百貨店にはうちの時計も置いてもらっているから、コネならある」

「え⁉」

そういえば彼の実家は、この一帯で名の知られた時計屋である。

独楽子はごくりと息をのんだ。

「……私が、ここのデパートガールになれるというの？」

「あぁ、君さえよければ。化け込み記事を載せて、うちの新聞の売り上げを伸ばすためだ。協力する。どうだ？」

「そりゃあもちろん、願ってもない話だけど……」

いつも穏やかな清隆の、いつになく強引な迫り方にわずかな違和感を覚える。だがそれを追いかけるよりも先に、傍《かたわ》らに品のいい紳士が現れた。

「久我様」

黒のスーツに身を包んだ初老の男性である。清隆が煙草を灰皿に押し付けて火を消す。

「園部《そのべ》さん」

「こちらが……」

紳士が独楽子をちらりと見る。清隆はうなずいた。

「ええ、そうです。私の知人の乙羽《おとわ》独楽子さん。――独楽子さん、こちらは園部拓郎《たくろう》氏。三行百貨店総務部の部長だ」

紹介を受け、独楽子は楚々《そそ》と立ち上がって頭を下げた。

「初めまして。乙羽独楽子と申します」

「園部です。やぁ、感じのいい方ですな」

優しい反応に「マァ、オホホ」とほほ笑む。何しろデパートガールという餌《えさ》が目の前にぶら下がっているのだ。このくらいの猫はかぶって当然。

独楽子は清隆の隣に移動し、向かいに園部が座った。清隆と型通りの挨拶《あいさつ》を交わした後、園部は物柔らかに切り出してくる。

「それで……失礼ですが乙羽さんはおいくつですか？　ずいぶん大人びていらっしゃるようですが」

「二十歳《はたち》です」

ほほ笑んで応じた瞬間、コーヒーに口をつけていた清隆がぐふっとむせた。独楽子は笑顔を浮かべたまま、余計なことを言うなとテーブルの下で軽く足を蹴《け》る。

女が職を得るためには若ければ若いほどいい。一連の求職活動でいやというほど学んだ。

五つくらいさばを読んだからといって何だというのか。

案《あん》の定《じょう》、年齢という関門を突破した後は、話がするすると進んだ。

今の時代、縁故《えんこ》採用はめずらしいことではない。見ず知らずの人間を雇うより、既知《きち》の相手の紹介がある人間を雇うほうが安心なためだ。特に女性に関しては縁故採用が主流と言ってもいい。おかげでコネもツテもない独楽子はずいぶん泣かされた。——今までは。

だが。

「女性店員がひとり、郷里の親が病で倒れたため急に辞めてしまったのです。すぐに新しい人が見つかって、こちらとしてもうれしい限りですよ」

「誠心誠意、まじめに働くとお約束いたします」

「結構。では週明けから早速いらしてください。二階の売り場です。係の者に話を通しておきますので」

「ありがとうございます」

(縁故採用万歳《ばんざい》……!)

あまりにもすんなり決まった就職に、心の中で快哉《かいさい》を叫ぶ。

並んで園部を見送った後、清隆は腰に両手を当ててこちらを見下ろしてきた。

「二十歳ね……」

「女には、男の人にはわからない苦労があるんです!」

きっぱりと言い返し、両頬《りょうほお》を手で押さえて感動に酔う。

「信じられない。私がデパートガールになれるなんて……」

「目的は化け込み記事だ。忘れないでくれよ」

清隆が珊瑚のブローチを返してくる。受け取ってふたたび羽織《はおり》につけながら、独楽子も力強くうなずいた。

「もちろんよ。読者が知りたそうなことを記事に書くわ」

「よし。そんな独楽ちゃんに朗報だ」

「朗報？」

「先月、三行デパートの社長である臼山《うすやま》氏の次男、勇《いさむ》君の結婚が決まった。式は三か月後だそうだ」

清隆が片眼をつぶる。

「――……！」

慶事《けいじ》はどんな時も歓迎される。富豪の御曹司《おんぞうし》の結婚式ともなれば、みんな知りたいはずだ。

幸先《さいさき》のいい出足に、早くも成功の予感を胸に、独楽子は弾む足取りで帰路についた。

西を上野広小路、北を春日通《かすがどお》りに面してそびえ建つ三行百貨店は、帝都《ていと》を代表する名建築のひとつである。

前身は地元を代表する呉服店だった。しかし明治十六年の上野・熊谷間《くまがや》の鉄道開通と上野駅の開業に合わせ、ショーウィンドーとショーケースを備えた洋風の店舗を建て、陳列を主とする商《あきな》いを始めたのである。世界大戦の好景気もあって商売は波に乗り、大変繁盛《はんじょう》しているようだ。

週が明けて月曜日。独楽子はさっそく三行百貨店へ出勤した。そこで指導係の恒田秀子《つねだひでこ》から、お仕着せである縞《しま》の着物を渡される。

「女性店員は全員、同じ着物を身に着けて働く決まりなの。帯は勝手でいいけれど、色も柄もなるべく控えめに。とにかく目立たないことが大事なのよ。主役はあくまでお客様であることを忘れないで」

秀子は年の頃二十代半ば、つまり独楽子と同世代と思われる。はきはきとしていて説明には無駄がなく、きりきりしゃんと立ち働くタイプだ。独楽子は女学校の先輩を前にした新入生のように、どんな説明にも「はい」「はい」と慎《つつ》ましく答えた。

ちなみに独楽子の職場は二階の時計売り場である。カフスやタイピン、眼鏡《めがね》、喫煙道具など、主に紳士向けの貴金属製品を取り扱う大きな売り場の一画にある。

ショーケースの中には、懐中時計や、腕時計、付属品である鎖やバンドが、品よく並べられていた。

　週明けということもあって客は少ない。特に男性客はまばらである。ひと通り仕事の説明が終わると、秀子も手持ち無沙汰《ぶさた》な様子になった。

　近くの売り場では、同じ縞の着物を着た店員たちが小声でおしゃべりをしている。秀子はそちらにちらりと目をやり、「落ち着きがないわね」とつぶやいた。

「実は最近、社長のご子息が結婚すると発表があってね。それでみんなしきりに噂《うわさ》をしているのよ」

　ため息交じりの説明に、独楽子は今知ったふりで「まぁ！」と応じる。

「それはおめでたいことですね」

「そうね」

「皆さん、そのご子息をご存じなのですか？」

「ええ、臼山勇様とおっしゃるの。まだ二十代だけど、三行デパートの宣伝部部長よ。よくお客様を連れて売り場に顔をお見せになるものだから、女性店員達にもとても人気があって」

「仕事熱心な方なのですね」

「社交的な方なのよ。大学卒業後に欧州へ留学もされていたそうで、外国人や華族のお友達も多いのですって。宣伝部は天職なんじゃないかしら」

「わぁ、華やか！」

驚いて見せながら、独楽子は聞いたことを頭の中にメモしていく。

「お相手は？」

「五橋《いつはし》男爵家のご令嬢、香織《かおり》様よ」

「華族のお嬢様とご結婚なんて、すてきですね」

朗《ほが》らかに相槌《あいづち》を打つも、秀子は「そうね」と気のない様子である。

「……恒田さんは、勇様のご結婚に賛成でないのですか？」

「そういうわけじゃあないけれど……。ただ、変な噂もあるから」

「変な噂？」

秀子は迷うように口ごもった。しかし心配そうに独楽子を見て、「みんな知っていることだけど……」と前置きをして話し出す。

「勇様は女性関係がだらしないそうなの。ここの女性店員にも、手を出されたという方が何人かいるわ。あなたも気をつけて」

「え……」

「それに今回の結婚だって……、香織様は本当はご長男の歩《あゆむ》様のお相手だったのよ」

「ま！」

「それでなくても香織様は美しくてお優しい方だそうで、求婚者が引きも切らない中、歩様が男爵に必死に頼み込んで縁談をまとめたのに、そこに後から現れた勇様が横槍を入れたのですって。それで今、臼山家は大変な状況だそうよ」

「あらぁ……」

なるほど。女性店員が噂話に興じるわけだ。

「それに――」

秀子が何かを言いかけた時、階段近くの売り場が少し騒がしくなった。一階から客が上がってきたようだ。

秀子はすぐに口を閉ざし、売り場の前で姿勢を正す。独楽子もそれに倣《なら》う。

常連客だろうか。顔見知りの女性店員に話しかけているようで、受け答えをするはなやいだ声が聞こえてくる。

ややあってこちらに近づいてきたのは、背の高い洋装の男だった。紺《こん》地に細い臙脂《えんじ》の縦縞の三つ揃いという、実に華やかな恰好《かっこう》である。

秀子が、ほとんど口を動かさずにこっそりささやいた。

「勇様よ」

え、と思った時、男は時計売り場のショーケースの前で足を止めた。

「やぁ、これから客先に挨拶《あいさつ》まわりだっていうのに、時計が壊れてしまってね。やっぱり国産はダメだな。祖父からもらったので使ってたんだが……」

そう言って懐《ふところ》から懐中時計を取り出し、渡してくる。独楽子は両手で受け取った。と、勇はこちらを見てにこりと笑う。

顔立ちは整っていると言っていいだろう。甘い眼差《まなざ》しからは、あふれる自信が伝わってくる。

「代わりに何か見繕《みつくろ》ってくれ」

「かしこまりました」

答えたのは秀子だった。彼女は手袋をはめた手で、ショーケースのガラス戸を開ける。

「シーマの新しい時計が入荷しております」

「シーマは庶民《しょみん》的だ」

その発言に独楽子は耳を疑った。そもそも懐中時計自体、庶民には手を出しにくい高価なものだというのに。が、もちろん顔には出さないでいると、秀子が別の時計を取り出してケースの上に置く。

「ではこちらのゼニットはいかがでしょう?」

「私が持つには地味だな。……あぁ、それを見せてくれ。そのジュベニアだ」

指をさしたのは、ひときわ目立つ蓋《ふた》つきの懐中時計だった。蓋には、紺地に金で幾何学《きかがく》模様を描いた美麗《びれい》なエナメル装飾が施《ほどこ》され、中央に大きなダイヤがあしらわれている。

「勇様……っ」

「いいから。私はこれから男爵家と縁続きになるんだぞ。みっともないものは持てない」

ほほ笑みを浮かべつつも、勇は断固とした口ぶりで言う。

指示された品を秀子が取り出して渡すと、彼は表と裏とを眺め、満足そうにうなずいた。

「これがいい。やはり一級の時計を持ってこその紳士だ」

それをそのまま胸ポケットに入れてから、独楽子に目を向けてくる。

「見ない顔だな。新人か？」

「はい。乙羽独楽子と申します――」

頭を下げようとした独楽子の顎《あご》に、勇は指をかけて仰向《あおむ》かせた。

「きれいな子だ。だが化粧《けしょう》をすればもっと美人になる」

じっと見つめて言われ、独楽子の中で危険信号がともる。かつて所属していた劇団には
このタイプの俳優が多かった。女性に甘い言葉をささやいて心を絡め取り、そんな自分に
酔うナルキッソス。真に受けるほど初心《うぶ》ではない。だが――

（私は二十《はたち》歳。私は二十歳。私は二十歳……）

呪文のように心の中で唱え、独楽子は頰《ほお》を染めて視線を左右にさまよわせた。

「き、勤務中にお化粧は控えるようにと言われておりまして……」

「店員は黒子に徹せよ、か。父さんは硬いよ。美しいデパートガールをそろえれば客が倍
増するにちがいないのに」

デパートガールの個所《かしょ》を異国風に発音して言い、彼は独楽子の顔から手を離した。

「君に就職祝いを贈ろう。婦人雑貨売り場に行って、何かひとつほしいものを選ぶといい。それから会計係に私からのプレゼントだと言いなさい。私からも話しておくから」

「え？　いえ、そんな……」

「じゃあまた。――あぁ、悪いけどその時計、捨てておいて」

勇はこちらに向けウィンクをひとつ残して去っていく。……かと思いきや、また別の売り場に寄り、女性店員に笑顔を振りまいている。

隣で秀子が、ショーケースに懐中時計を戻して中を整理しながら、平坦な声で言った。

「あんな約束、十分後には忘れているわ。口先だけなの。それでいつも騒ぎを起こすのよ」

「はぁ……」

「高い時計を、よく恥ずかしげもなく欲しがるものだわ」

呆《あき》れるのと、腹を立てるのとの間といった調子でぼやく。独楽子は小さく首をかしげた。

「社長の御曹司《おんぞうし》なので支払いは不要ということでしょうか？」

「そんなはずないでしょう。後で上に報告するけれど、まぁ代金を取り立てることもできないわよね。つまり売り場の減収ということ」

「ええ……っ⁉」

思わず値札を見る。独楽子がかつて抱えていた借金よりも高い。

「社長も、今はあの方に文句なんか言えないでしょうし……」

秀子は困ったように勇の去ったほうを見る。問題があっても、やはり見目がよくて口がうまい御曹司は人気があるようで、彼は少し先のステッキ売り場でまたまた女性店員たちと話し込んでいた。

「あの、これはどうしましょう？」

独楽子は両手の中の懐中時計を見せる。一般的には高価なものだ。秀子も始末に困る様子で息をつく。

「捨ててと言われたのだから、捨ててちょうだい」

「かしこまりました」

閉店は八時。仕事を終えて外に出たのは、九時近くになってからだった。

他の店員達と共に、独楽子が路面電車の停留所に向かおうとしたところ、外で清隆が待ち構えているのに気が付いた。彼は目線でついてくるよう合図をよこす。

店員達に別れを告げ、距離を開けて前後に並び、知り合いではないふりで天神下《てんじんした》のあたりまで歩いたところで、彼は一軒の店に入った。独楽子もそれに続く。

最近増えてきた和洋折衷《わようせっちゅう》の一品料理屋だ。店の中に入ってようやく彼と目を合わせた。同じテーブルにつき、清隆はカツレツと洋酒、独楽子は肉じゃがと熱燗《あつかん》を注文する。

店員が去ると、彼はさっそく訊ねてきた。

「どうだった?」

「初日だし、色々と覚えるだけで終わったわ。……あ、そうそう。これ」

独楽子は勇が捨てた懐中時計をハンドバッグから取り出す。

「壊れているから捨てろって言われたけど、きれいだし、もったいなくて……」

蓋のついていない時計である。とはいえ本体は金色で、文字盤はとても見やすい。

受け取った清隆は目を瞠《みは》った。

「エキセレントじゃないか! 捨てるなんてとんでもない。……あぁでも、ちょっとへこんでいるな。落としたか……。いや、何かに強くぶつけたのか?」

さすが時計商の息子だけあって、目にした品がどういうものかすぐにわかるようだ。

話を聞いた彼は憤然《ふんぜん》と言った。

「国産だって品質は外国製に勝るとも劣らないんだぞ。船来品《はくらいひん》を持ちたくて、難癖《なんくせ》をつけるためにわざと壊したんじゃないか? バチあたりめ」

「清隆さんのお家は、確か修理も手掛けているんでしょう? これ、直して誰か大切に扱ってくれる人に渡してちょうだい」

「わかった。父に頼んでおくよ」

彼は大切そうに時計をハンカチに包み、赤革の鞄《かばん》にしまった。

清隆の実家である久我時計店は、外国から輸入した時計の販売の他、質流れ品や古道具屋の時計を安く買い取り、修繕《しゅうぜん》して販売したり、また持ち込まれた時計の修理も請け負っていると聞く。

きっといい引き取り手を見つけてくれるだろう。

安心した独楽子は、テーブルに来た熱燗を手酌《てじゃく》でお猪口《ちょこ》に注いだ。

「デパートガールとしての化け込みの記事はともかく、社長令息の結婚については、ちょっと醜聞《しゅうぶん》寄りになってしまうかもしれないわ」

「というと？」

訊き返してくる清隆に、売り場で目にしたものや、秀子から聞いたことを話す。

彼は興味深そうに聞いていた。

「臼山家も勇を持て余しているんだろうか？」

「そのようよ。でも彼が、今をときめく男爵家のご令嬢の心を射止めたのは事実だし、文句は言えないんでしょうね。臼山家も、華族との縁はほしいでしょうし」

「君の目に彼はどう映った？」

「洋行《ようこう》帰りの気取った男」

「一刀両断だな」

「四年間付き合ったあげく私を捨てた人に似ていて好きになれないわ」

独楽子は素直に白状した。そう。臼山勇は、竹田洋司《たけだようじ》にどこか似ていた。

清隆は「へぇ」とおもしろがるように片眉《かたまゆ》を上げた。

「どんなところが？」

「顔がよくて、外面《そとづら》がよくて、友人が多くて、女性にも人気。とにかく口がうまい。でも基本的に嘘つき。なのに自分に絶対的な自信があるせいで、言葉に妙な信憑性《しんぴょうせい》があって、女はついつい信じてしまう」

古傷がずきずきと疼《うず》く。話しながら猛烈に腹が立ってくる。独楽子は余計な私見を付け足した。

「でも仕事はできないと思うわ。自分に甘いから努力が苦手なの」

清隆が破顔《はがん》した。

「ご名答！　すごいな」

「え？」

「いや、臼山勇といっしょに外国大使のパーティーに出席したことがあるという人物の証言なんだが、洋行帰りにしちゃ彼は外国語が不得手《ふえて》らしい」

「そうなの」

さもありなん。独楽子は冷ややかに考えた。

「あと、意外に気が小さいそうだ。怪談が大の苦手で、停電するといつもビクビクするらしい」

電気を使う家が急速に増えた現在、電力の供給が追い付かず、停電することは帝都でもたまにある。そのたびに怯《おび》えるなど難儀《なんぎ》なことだ。

「子供みたい」

そうつぶやいて、汁の染みた肉じゃがを食べる。美味《おい》しい。濃いめの味付けが熱燗に合う。

しみじみと味わいながら、独楽子は「で？」と相手を見つめた。

「ん？」

「私に、何か他に訊きたいことがあるんじゃないの？」

「どうしてそう思う？」

「デパートに潜り込ませてくれたことには感謝しているけれど、清隆さんには何の利益もないことなのに、妙に熱心に勧めてきたから何か変だと思っていたのよね。そこにきて、この面倒くさそうな結婚の話。加えて仕事終わりの待ち伏せ」

ひとつひとつ並べていくと、清隆はいたずらのバレた子供のように小さく笑う。

「まいったな」

「私に何かさせたいことでもあるの？」

「実はそうなんだ」

開き直った清隆は、機嫌を取るように、こちらのお猪口に酒を注いだ。

「先日、五橋男爵に頼まれてね。臼山勇の本性を暴いてほしいって」

「本性？　……男爵はこの結婚に反対なの？」

「あぁ。君と同じく男爵も臼山を信用できず、身内に迎えることに反対だそうだ。だが令嬢が臼山に惚《ほ》れこんでしまって手の打ちようがないらしい。遅くにできた、目に入れても痛くない一人娘らしくてな。強硬な手段も取れず困り果てている。よって臼山の化けの皮をはがし、娘の結婚を阻止したいと仰《おっしゃ》っていた」

「あぁ、仕事の関係でちょっとな」

「男爵ご本人と話したの？」

「――――……」

ふむ。独楽子は箸《はし》をのばし、清隆の皿から切り分けられたカツレツを一切れもらう。

「で、もし仮にうまく何か探り出した場合、どんな見返りがあるの？」

「独楽ちゃんにはかなわないなぁ……」

苦笑いをすると、清隆は周囲の耳目《じもく》をはばかるように声を潜めた。そして口にしたのは、このところ連日主要紙の紙面を騒がせている、新しい鉄道敷設計画とその助成金をめぐる汚職疑惑だった。私鉄の会社から貴族議員への賄賂《わいろ》があったと言われている。

「五橋男爵は、この事件の関係者と知り合いでね。もし令嬢の結婚を阻止できたら、ちょっとした証言を得る約束をしている」

「すごいじゃない！」

　全国の主要紙が騒いでいる事件である。もし少しでも新しい情報を得られたなら、東日新聞――いや、清隆の大金星になるはずだ。

「俺が独楽ちゃんの仕事が終わるのを待ち伏せていた理由が判明したところで、どうだろう。協力してくれるか？」

「もちろんよ。私だって化け込み記事のいいネタをもらったんだもの。恩返しとして、できる限りのことはするわ」

「よし、交渉成立だ」

　二人で杯を打ち交わし、それぞれ一息にあおる。肉じゃがをつつこうとした独楽子は、ふと箸を止めた。

「そうだわ、清隆さんに教えてもらいたいことがあるんだけど」

「なんだ？」

「シーマ、ゼニット、ジュベニアって何かしら？　時計の名前？」

シーマ、ゼニット、ジュベニアは、時計を製造する会社の名前だった。どれも瑞西《スイス》の会社であるという。

シーマはかの国で最も大きな時計会社。東洋での販売数が多く、輸入の時計の中では比較的安価であり、日本でも手に入れやすい。ゼニットもまた老舗《しにせ》の時計会社。精度と耐久性に定評があり、先の世界大戦では各国の軍で採用された。ジュベニアは日本に最初に進出してきた時計会社で、通常の時計に加えて宝飾時計の製作でも知られている……等々。

清隆は他にも舌が絡まるような名前の世界三大時計会社など、時計売り場の店員に求められる知識を教えてくれた。

デパートガールを演じるためにも不可欠である。独楽子はメモを取って真剣に覚えた。おかげで秀子から褒《ほ》められ、また客にも喜ばれた。付《つ》け焼刃《やきば》とはいえ、時計を買いに来た客に感心され、好みの品を買えたと礼を言われるのは、独楽子としてもうれしいことだった。

だがダンス講師の時とはちがい、婦人記者にならずともデパートガールとして働く道もあるかもしれない――とは考えなかった。

昨今の女性たちのあこがれの職業であるが、同時に若くなければならないという世間の暗黙の圧力もある。長く続けられる仕事とは思えない。

（つまり目的はあくまで化け込み記事として、ついでに臼山勇の裏の顔を探り出して縁談を阻《はば》むとなると、一、二ヶ月ってところ……？　短いデパートガール人生だわ……）

きらびやかな職場を見まわして、ほんの少ししょんぼりする。

二週間もすると、他の売り場の女性店員達とも親しく言葉を交わすようになり、勇についての様々な噂《うわさ》が耳に入ってきた。

十代の頃から奔放《ほんぽう》で家族とそりが合わなかったこと。しかし当主である祖父に可愛《かわい》いがられていたため、誰も止められなかったこと。学生の時に女学生に手を出して、何度か多額の示談金を払っていること。三行百貨店の女性店員に言い寄って問題を起こしたことも一度や二度ではないこと。

どれも悪評には違いない。だが決め手にはならない。

（女性問題だけっていうのがね……）

女性を騙《だま》して関係を持ったとて、それによって彼が金品を得たなどの事実はないため、詐欺《さぎ》には該当《がいとう》しない。よって警察沙汰《ざた》にならない。破談の理由にはならないだろう。前回のように赤新聞《あかしんぶん》に書き立てることも考えたが、当の被害女性たちが記事の内容を強く否定するにちがいない。

（どうしたものかしら……）

勇に気があるふうを装《よそお》って本人に近づこうか？　そういう女性店員は少なくないような

ので、さほど怪しまれずにすみそうだ。

（気は進まないけれど……）

事件が起きたのは、そんな手段も考えていた、ある週末のことだった。

多くの客が訪れた日曜日の閉店後。吹き抜けになった店内に響き渡るような女の悲鳴が上がった。

正面玄関を見下ろす形で張り出した、二階の特別展示場で何かがあったようだ。

持ち場から近かったため、独楽子は急いでそちらに向かう。そこにはすでに、同じように集まった店員達の人垣ができていた。間を縫《ぬ》って前に出た独楽子は、悲鳴の訳を悟る。

テラス型の展示場には現在、芸術性の高い、名のある着物が複数展示されていた。振袖《ふりそで》、留袖《とめそで》、打掛《うちかけ》、その他。素材や織、色も様々な着物の中でも、最も目立つのは、中央に置かれた白無垢《しろむく》である。

いうまでもなく花嫁衣装だ。

光沢のある白綸子《しろりんず》地に、刺繡《ししゅう》のみで松竹梅や扇《おうぎ》、鶴亀の意匠《いしょう》が加飾された気品のある打掛は、雪原のように真っ白だった——はずだ。今日、独楽子が最後に見た時までは。

だが今、衣桁《いこう》に掛けられた白無垢には赤い線が入っていた。後ろ身ごろに、斜めに「×」を描くようにしてぶちまけられた朱色の墨《すみ》が、見事な京繡《きょうぬい》を無残に汚している。

「誰がこんなこと……」

集まった店員たちが口々にささやく。

白無垢を見ていた独楽子はふと、背縫いの上に小さな紙が貼りついていることに気づいた。

目を凝《こ》らしてよく見れば、何か書かれた手のひら大の紙が、ピンで留められている。

「ねえ、これ何かしら？」

皆にその存在を伝える素振りで紙に近づき、独楽子は中身に目を通した。


『臼山勇様　どうか私を忘れないでください』


紙には手書きでそんなメッセージが書かれている。店員が目線を交わし合う。

「君たち、何をしているんだ！」

その時、責任者らが駆け付け、店員を白無垢から遠ざけた。そしてこの件を決して他言しないよう厳しく言い渡し、追い払うようにして帰宅を促す。

女性店員は全員、私服に着替えるための支度《したく》部屋に戻った。それまで口数少なかった彼女達は、支度部屋に入ったとたん堰《せき》を切ったように話し始める。

「木下《きのした》さんじゃない⁉」

「私もそう思ったわ。木下さんがこっそりいらしたのよ。それであんないたずらを

「……！」

「ねぇ！　それしか考えられないわ」

独楽子は隣にいた人に訊ねた。

「木下さんってどなた？」

「婦人服売り場で働いていた方よ。二ヶ月前にここを辞めたの」

名前は木下佐和子《さわこ》。英語が達者だったことから、外国人客の応対要員として雇われた美人店員だったという。勇との交際も噂されていたが、結局彼は華族令嬢と結婚することが決まった。それで心変わりを恨んだ佐和子が復讐《ふくしゅう》をしに来たのではないか――それが彼女たちの推測だった。

「確かにきれいな人だったけれど、社長令息をねらうなんてやっぱり無理があったのよ」

「でも初めは勇様のほうがご執心の様子だったわ」

「だからよけいに騙されたと感じたんじゃない？　花嫁衣裳を汚すなんて……」

「お化粧室《けしょうしつ》に隠れて閉店後まで店内にいれば、不可能じゃなかったはずよ」

さながら刑事のように店員達は推論を展開する。それに対し、木下佐和子が犯人と決まったわけではないという冷静な声も上がった。

「他のお客様や、店員の仕業《しわざ》という可能性もあるじゃない」

もっともな指摘に、おしゃべりはますます白熱していく。

（つまりは、やろうと思えば誰にでもできるってことね……）

その日、帰宅した独楽子は清隆に電話をして、木下佐和子の住所を調べるよう頼んだ。

百合《ゆり》のように白い打掛に走る赤い線は、まぶたの裏に焼き付いている。

決して自分を忘れさせないという深い恨みを感じた。その事情をぜひとも聞き出したい。

そして勇の縁談をつぶすことができれば、それは佐和子にとっても復讐になるのではないか。

説得はさほど難しいことではないだろう。そんな独楽子の目論見《もくろみ》は、思わぬ形で覆《くつがえ》されることになった。


百貨店の仕事が休みの日。独楽子は清島町《きよしま》にあるという木下佐和子の家を訪ねた。

浅草近くの寺町である。木造の家がひしめき合う界隈《かいわい》の、雑貨屋と豆腐屋の間を奥に入り、研《と》ぎ屋の看板が出た場所を曲がった先にある、いわゆる二階建て長屋の一室。そこに母親と妹と三人で暮らしているらしい。

人がすれ違うのもやっとといった、せまい路地にある家の前に独楽子は立った。

以前、新聞社に乗り込んだ時と同じ、キャメルのスーツ姿である。硬い印象を与える洋装にしたのには理由がある。少々特殊な職業を装うための小道具だ。

独楽子は玄関の引き戸を拳で軽くたたいた。

「ごめんください」

何度か呼びかけた末に出てきたのは、初老の瘦《や》せた女である。母親だろう。彼女は、このあたりではほぼ皆無と思われるスーツ姿の独楽子を見て目を丸くした。

独楽子は愛想よく笑いながら、軽く頭を下げる。

「突然失礼します。私、探偵をしております田中《たなか》と申します」

「探偵さん……？」

「はい」

探偵は昨今決してめずらしい職業ではない。人探し、縁談相手の身上調査、その他、都市では何かと需要《じゅよう》が多い。警察に代わって事件の捜査をすることもある。

「とある方から臼山勇氏の身辺を調べるよう依頼を受けまして――」

独楽子がそう言ったとたん、女性は顔を曇らせた。

「うちはもう何の関係もありませんので……」

頭を下げて家の中に入っていこうとする。それをすんでのところで引き留めた。

「待ってください！　どんな些細《ささい》な話でもかまいません。佐和子さんに直接お話を伺《うかが》いたいんです。取り次いでいただけませんか」

こちらの剣幕に気圧《けお》されたように女性は息をのむ。その目に苦悩がにじむ。ややあって女性はか細く応じた。

「佐和子は……娘は死にました……」

「……え？」

「すみません……」

小さく頭を下げ、逃げるように引き戸の奥に入ってしまう。独楽子は戸にしがみついた。

「お願いです、待ってください！　あなたから聞いたとは言わないと約束します。何があったか教えていただけませんか？　お嬢さんが亡くなったのは、臼山氏と関係があるのですか？」

母親は閉まりかけの戸にすがるようにして立ち、青ざめた顔で首を振る。

「いいえ……、いいえ……！　そういった事実はございません」

しかしその時、女性の背後から新しい声が聞こえてきた。

「姉は首を吊りました」

母親が肩を震わせる。首をのばしてのぞき込むと、玄関の上がり框《かまち》に立っていたのは、二十歳《はたち》前後の女性だった。ひどく暗い面持《おもも》ちの、美しい女である。尖った、警戒する眼差《まなざ》しを向けてくる。

母親が小さな声で紹介した。

「……妹の美津子《みつこ》です」

「姉は臼山勇に殺されたようなものです」

「美津子！　およしなさい！」

「でもお母さん――」

「これ以上変な噂《うわさ》がたったら、あなたの結婚にまで差し支えるでしょう……！」

母娘のやり取りからは、これまで佐和子について、多くの心無い中傷を受けたことが伝わってくる。

時代が変わり、自由恋愛が脚光を浴びているとはいえ、まだまだ未婚の女性が異性と交際することへの偏見は根強い。交際の末、結婚できなかったとなれば、なおさらだ。

独楽子は慎重に口をはさむ。

「佐和子さんが命を絶ったのは、やはり臼山氏との関係が原因なのでしょうか？」

「――」

美津子が何かを言いかけた。しかし母親に厳しい目線を向けられ、口をつぐむ。

母親は頭を下げて扉を閉めようとした。

「お話しできることはありません。お帰りください」

「待ってください、あとひとつだけ」

独楽子は、閉められつつあった引き戸の細い隙間《すきま》から、かろうじて中をのぞき込む。

「先日、三行デパートに展示されていた白無垢が赤い墨《すみ》で汚されたのですが、何かご存じのことはありませんか？」

「白無垢が……？」

母親は怪訝《けげん》そうにしながら、おうむ返しにつぶやいた。美津子も首を振って言う。

「初めて聞く話です」

「そうですか。わかりました。おつらいところに押しかけてしまい申し訳ありませんでした」

深くお辞儀《じぎ》をする独楽子の前で、今度こそ扉が閉まる。頭を上げた独楽子は息をついて踵《きびす》を返した。

返事をする前、美津子はわずかに視線を泳がせた。初めて聞く話だと言う声は、心もち上ずっていた。

他の人なら気づかなかったかもしれない。あるいは気のせいで片づけたかも。だが。下手《へた》な芝居を見逃す独楽子ではなかった。

ついで独楽子は浅草寺《せんそうじ》の裏に広がる浅草花街《はなまち》を訪ねた。

帝都を代表する花街のひとつである。古くより浅草寺の参拝客や、芝居町の歌舞伎《かぶき》の観客、そして北に広がる新吉原《しんよしわら》の遊郭《ゆうかく》にくり出す客を、食事と芸でもてなす場として発展した遊興地だ。

　母の菊《きく》によると、臼山勇は昔からここに出入りしているという。通う料亭から贔屓《ひいき》の芸《げい》妓《ぎ》まで、地域は違えど同業の間では何となく伝わるものなのだ。

　まずは料亭に向かい話を聞いたところ、そこでも勇の評判はあまり良くなかった。

　学生の頃は酒に酔った勢いで芸妓に無体を働くこともあったようで、そのたびに実家が金を払って騒ぎを闇に葬《ほうむ》ったという。また人気の芸妓に入れあげて落籍《ひ》かせたあげく、一年も待たずに飽《あ》きてしまったこともあったらしい。生活費の支払いが滞《とどこお》り、金を要求すると罵《ののし》られるようになったため、その芸妓は再び座敷に出ざるを得なかったそうだ。

　料亭の女将《おかみ》は、ため息交じりにぼやいた。

「かわいそうに。昔は売れっ子だったのに、出戻ってからはお客さんもつかなくてね。今やすっかり不見転《みずてん》ですよ」

　不見転とは客に身を売る芸妓のことだ。後で当の芸妓を訪ねたところ、置屋《おきや》の隅で身を縮め、うなだれて応じた。

「あたしが馬鹿だったんです……。女将も、お姐《ねえ》さんたちも、筋の良くない客だって言っていたのに、あの時はなんでか、あの人がこの世でただ一人の相手だと思い込んでいて……」

　彼女は臼山勇の情熱的な素振りや、口説《くど》き文句にすっかりまいってしまい、周りが見えなくなっていたという。

「でも彼にデパートガールのお気に入りができて、それっきり。今思うと、会った時からとても気まぐれで、お酒が入ると暴力を振るうこともあって……。そういうおかしなところに、ちゃんと注意すればよかった……」

じっと畳《たたみ》を見つめ、ぽつりぽつりと話していた芸妓は、しばらくしてふと顔を上げた。

「……そういえば、噂を聞いたんですけど」

「噂？」

「勇さん、そのデパートガールとの間に子供ができて揉《も》めていたみたい。結婚を迫られて困るって愚痴《ぐち》をもらしていたそうよ」

「子供……？」

どきりとする。もしや佐和子は妊娠《にんしん》していたのか。

その後、念のため白無垢《しろむく》の件を訊いてみるも、初耳のような反応だった。

次に勇が愚痴をこぼしていたという店に足を延ばしてみる。しかしそこでは、勇はともかく父親と兄には世話になっているからと、水を撒《ま》いて追い払われた。

独楽子は何とか革の婦人靴《ふじんぐつ》を守って逃げ帰り、最後に路面電車を乗り継いで五反田駅《ごたんだえき》に向かった。

夕方の五時にそこで清隆と待ち合わせたのだ。

皇居の南側に広がる城南の高台のひとつ——華族の池田《いけだ》侯爵の邸宅があるため、池田山と呼ばれる街区の中に、五橋男爵の屋敷はある。

立派な門を越えた先にある広い家屋は、木造瓦葺《かわらぶ》きの二階建て。

清隆は男爵と約束があるという。並んで玄関に向かったところ、女中が出てきて中に案内してくれた。

屋敷は一見和風だが、中に入ると床には絨毯《じゅうたん》が敷かれている。天井は装飾のついた漆喰《しっくい》であり、居間には大理石の暖炉《だんろ》が据えられ、完全に洋風な趣《おもむき》であった。広い居間にはもちろんテーブルと椅子《いす》、そして応接用の家具一式が置かれている。

天鵞絨《ビロード》張りの長椅子に並んで座って待っていると、女中がお茶を運んできた。その後ろから五橋男爵その人が姿を見せる。

仕立ての良い三つ揃いを身に着けているも、肉のついたお腹は今にもボタンが弾け飛びそうなほど。髪の毛は薄くなり、口元にたたえた髭《ひげ》にも白いものが目立つ。そろそろ六十に手が届く頃合か。全体的にいかにも疲れた様子だった。それは年齢のためだけではないようだ。

低い卓をはさんで向かいの椅子に腰を下ろした男爵へ、清隆は独楽子を助手と紹介した。

「ほぉ、女性の助手ですか」

「はい。こういったことを調べるのには、男より女性のほうがやりやすいので」

「なるほど」

「じゃあ乙羽くん、よろしく」

もったいぶった清隆の指示に笑いそうになりながら、独楽子は調べたことを報告する。

男爵は三行百貨店で起きた白無垢の事件のことを知らないようだった。

「なんと。そんなことが……」

「はい。メッセージは簡潔であったにもかかわらず、あて名は『臼山勇様』と書かれていました。他の男のことだという言い逃れを許さないため、あえて姓まで書いたと思われます」

そして木下佐和子が勇と別れてから首を吊ったこと。デパートガール達の話では捨てられた様子だったこと。別の場所で彼が「子供ができた」ともらしていたらしいこと。さらに花街での若い頃の乱行や、大人になってからの芸妓の落籍《らくせき》の顚末《てんまつ》まで、つぶさに伝える。

「芸妓の話では、臼山氏は非常に口がうまいのだそうです。ですが飽きると手の平を返したように冷たくなるとか。その証言は、木下佐和子嬢の件とも重なります」

「うむ……」

独楽子の話を聞いた男爵は難しい顔で考え込んだ。

「芸妓の話もひどいが、彼との交際の後に首を吊った女性がいた事実は到底看過できない」

そう言うと、召使いに「香織を呼んできなさい」と言いつける。

しばらくして令嬢と男爵夫人が居間に姿を見せた。夫人は落ち着いた、大人しそうな雰《ふん》囲気《いき》の人である。

香織は女学校を卒業したばかりといったところか。二十歳《はたち》になっていないと思われた。若紫色の振袖《ふりそで》をまとう姿は可愛《かわい》らしいが、芯の強そうな印象だ。

「勇君についてだが、少々気になる話があってな……」

そう切り出した父親にも、正面から反論する。

「お父様。それについては何度も話し合ったはずです」

婦人が男爵の隣に、香織が低い卓の脇に置かれた椅子に腰を下ろすのを待って、男爵は続けた。

「あぁ、話し合った。勇君に過去に大勢の恋人がいたことについては、本人も否定しなかった。だがそれは真実の愛を見つけるまでの話で、おまえと出会ってからは他の女性が目に入らなくなったと、おまえは言っていたな?」

「仰《おつしや》る通りです」

「だが勇君が過去の交際相手に対して、非道な真似《まね》をしているのも事実のようだ」

男爵は独楽子から聞いた話を妻と娘に伝えた。

白無垢を汚した犯人からのメッセージの件、芸妓の件、そして佐和子の件。

そして重々しい口調で締めくくる。

「おまえだけは生涯《しょうがい》愛するという、彼の言葉は本当だろうか？　結婚した後に手のひらを返さないと、どうして言えようか。香織、もう一度よく考えてくれ」

しかし香織は微塵《みじん》の動揺《どうよう》もなく答えた。

「もちろん本当です。勇さんは私と出会って変わったのです。私にふさわしい人間になると約束してくださいました。彼は私が望むことは何でもしてくださるし、いやなことは決してなさいません。以前の無軌道な生活を今は恥じているそうです。そうまでおっしゃる方を、お父様は疑うのですか？　人間が心を入れ替えて前に進むことは決してないとおっしゃるのですか？」

（なるほど……）

香織が心から臼山勇を信じていることがよく伝わってきた。もし彼に会ったことがなければ、力強く潔白を訴える言葉に少しくらいは心を動かされたかもしれない。

だが独楽子は出勤初日に彼を見ている。言葉も交わした。その時の印象と、彼女の言葉は重ならない。

今日一日調べて確信した。彼女は騙《だま》されている。何とか目を覚まさせなければ。洋司との過去が独楽子に警鐘を鳴らした。自分の目的のため、口先だけで愛していると言える人間は確実にいる。

「彼の目的は男爵家と縁続きになる結婚であって、そのために口八丁手八丁《くちはっちょうてはっちょう》で香織様を丸め込んでいる可能性を考えたことはありませんか？」

　独楽子の問いにも、香織は大きく首を横に振る。

「ありません」

「なぜ？」

「彼の言葉を聞けばわかります。彼は嘘をつくような人ではありません」

「私は――」

　思わず反論が口をついて出る。

「私はほんの一週間前、臼山氏がデパートガールに言い寄っている光景を目撃しました。美人だと褒《ほ》めて贈り物をしたいと言っていました」

　その瞬間、香織は顔色を変えて立ち上がった。

「色々な方が、私に勇さんの悪口を言いに来ます！　私になんとか彼との結婚を思いとどまらせようと、皆ひどいことを……！」

　しまった、と思った。香織は怒っているのではない。傷ついたのだ。そう伝わってくる。その痛みが彼女をより頑《かたく》なにする。

「私は負けません。たとえ世界中の人が彼を信じないと言っても、私は信じます！　私だけは最後まで彼の味方です！」

むきになってまくしたてる香織へ、清隆が穏やかに声をかけた。

「大変失礼しました。彼女は今日、臼山氏が過去に捨てた相手から話を聞いてきたために、信用ならないと感じてしまったようです。どうかお許しください」

「皆さん、どうして勇さんが何を言っても嘘だと決めつけて、女性たちの言葉ばかり真実だと言い切るの？　芸妓《げいぎ》や店員の女性がお金目当てに勇さんに近づいて、思い通りにならなかったから悪く言っているとは考えないの？　当てつけのように自殺をされて、勇さんこそお気の毒だわ！」

「――……!?」

吐き捨てる言葉に、今度は独楽子が顔色を変える番だった。言い返そうとした独楽子の腕を、清隆がにぎりしめる。彼はじっとこちらを見つめた。「落ち着け」。目がそう言っている。そこで独楽子は当然のことを思い出した。

相手は男爵令嬢だ。自分にとって、本来は雲の上の人である。

独楽子は怒りを押し殺すように息を吐き出した。木下佐和子の母親の憔悴《しょうすい》ぶりと、暗い目をした妹を前にしてもそう言えるのか。胸の中にもやもやが残る。

代わりに男爵がたしなめた。

「香織。今のは事情を知らないお前が口にしていい言葉ではない」

さすがに言い過ぎたと感じたのか。香織も「ごめんなさい」と小さな声で謝罪する。それでも立ったまま、両親と独楽子たちに不服そうな目を向けた。

「どうか勇さんの悪口はもうこれきりにしてください」

今にも鼻を鳴らさんばかりにそう言い残し、居間から出ていく。男爵夫妻は顔を見合わせて重いため息をついた。


その後、独楽子と清隆は上野広小路まで戻った。都電の停留所の近くには、屋台が並ぶ一画がある。洋食や和食、そば、うどんに南京《なんきん》そばまで、あらゆる屋台がそろっている。醤油《しょうゆ》や出汁《だし》の香りがすきっ腹に染みる。ぐぅぐぅ鳴るお腹を押さえていると、清隆がふらりと「牛めし」と書かれた暖簾《のれん》をくぐった。主人と顔見知りのようだ。親しく挨拶《あいさつ》を交わしてから、独楽子を振り返る。

「牛鍋《ぎゅうなべ》、好きだったよな？」

「ええ」

牛めしは、丼《どんぶり》ご飯の上に牛鍋の割り下と肉をのせたものである。独楽子も名前は知っていたが、何分女ひとりではこういった場所に入る習慣もなく、食べるのは初めてだった。

清隆は主人に「牛めしふたつ」と注文した。ほかに客もいなかったので、わずかにあるせまい天板に丼を置いて食べる。もちろん立ち食いだ。

出てきた牛めしを前に、独楽子はぼそぼそと反省の弁を述べた。

「失敗したわ。やり方をまちがえた」

早速丼飯をかきこみつつ、清隆も小さく笑う。

「たぶん周りから臼山を否定されすぎて、擁護《ようご》しているうちにどんどん頑なになっていったんだろう。今の彼女の意見を変えるのは難しいぞ」

「でも臼山は結婚したら絶対、彼女に対して今ほど親身ではなくなるわ。それだけならともかく浮気もひどいわよ、きっと……」

「やけに嫌うな。付き合っていた男にそっくりだからという、あれか？」

「そうよ。古傷が疼《うず》いてしかたがないの。香織さんの純粋さや一途《いちず》さにつけ込むなんて、臼山には本当に腹が立つ！」

そもそも洋司は独楽子よりひとつ年上なだけ。独楽子のほうが惚《ほ》れこんでいたとはいえ、まだ対等な関係だった。それに比べて香織と勇はどうか。勇は独楽子よりも年上に見えた。おそらく香織とは十歳ほど離れているはずだ。適当に言いくるめるのなど朝飯前だろう。

「そんな若い子を餌食《えじき》にするなんて許せない！」

吐き捨てながら、独楽子は割り下の染み込んだ肉とご飯を頬《ほお》ばった。汁の甘味と肉のうまみと米の組み合わせが最高に美味《おい》しい。ささくれ立った神経がつかのま癒《い》やされる。

「でもあの様子じゃ、よほどの証拠を突きつけない限り、香織さんは意見を変えないでしようね……」

「白無垢《しろむく》に朱墨《しゅずみ》をぶちまけた犯人が見つかればいいんだが。……警察には届けていないいんだよな？」

「ええ。あの奇妙なメモのこともあるし、騒ぎを大きくしたくないみたい」

店側はあの事件をなかったことにしている。店員も秘密を守っているようで、今のところ新聞などの記事にもなっていない。

「赤新聞に記事を持っていってみるか？」

清隆の提案も手ではあった。デパートの怪奇事件とでもタイトルをつけて、勇の結婚にからめて書けば騒ぎになりそうだ。そこから犯人につながる情報が何か得られるかもしれない。しかし。

「いいえ。どうなるかわからないけれど、でもこの一連の出来事をネタに、おもしろい化け込み記事が書けそうな気がするの。だからあの件はその中で書くわ」

決然と言い切った独楽子に、清隆がフッと目元を和《なご》ませた。

「お手並み拝見」

「そちらは？　収賄《しゅうわい》疑惑についての取材は進んでいるの？」

「まぁまぁだな。進んではいるが、他の新聞社とどっこいどっこいだ」

「じゃあやっぱり五橋男爵の証言を得ないとね」

「あぁ。ここいらで大きく当てれば、もっと自由に色々できるからな」

「自由ではないの？」

清隆はすでに中堅の記者である。自分の裁量で動けないようには見えない。そう言うと、彼は少し苦い笑みを見せる。

「中堅はどうしても派手な事件報道に駆り出される。部数をのばすために仕方がないとはいえ、そろそろもう少し腰を据えて長期的な仕事をやってみたいね」

「へぇ……」

「ちょうど今、追いかけたいネタがあって。児童労働に関する問題なんだが、児童虐待《ぎゃくたい》の防止のためにも工場労働者の最低年齢を引き上げるべきだと社会事業家が政治家に働きかけている。まだあまり話題になっていないが、新聞が記事にすれば――」

仕事の話をする時の彼は、いつもより口数が増える。問題を語り、誰かに訴えたくてしかたがないというとばかり、口調にも熱がこもる。おそらく新聞記者は彼の天職なのだろう。

「清隆さんは、どうして記者になろうと考えたの？　何か理由でも？」

話の切れ間にそう問うと、彼は虚を衝《つ》かれたように「そうだなぁ……」とつぶやいた。

目を伏せて、考えるように割り下に染まったご飯を箸《はし》でつつく。

「理由というほど明確なものはないが、社会について考えるきっかけになった出来事はある」

「そう」

「十七歳の時、高等学校で親しくしていた同級生が突然退学することになってな」

社長の息子で、それまでは羽振りがよかったが、父親が病気で急死してしまい、その後多額の負債《ふさい》を抱えていたことが判明した。会社は人手に渡り、負債だけが残ったため、彼は学校をやめて働かなければならなくなった。

「母親と妹がいたんだが、母親はお嬢さん育ちで働くどころか家事もできない人だし、妹は十二歳。かける言葉が見つからなかったよ」

「…………」

「おまけに何年かして、その妹が女郎屋にいると人づてに聞いて……」

「…………」

ぎゅっと胸が締め付けられる。そうつぶやいた時の清隆のつらそうな表情に息が詰まる。親の借金のせいで子供が身を売らなければならないなど言語道断《ごんごどうだん》。だが今の世の中では、そんな理不尽が当然のようにまかり通っている。やり場のない憤《いきどお》りに身を焦がした。

「だから世の中を少しでもいい方向に変えたい、変えられなくてもせめて問題があることを世に伝えたい。大学で学びながら、そんな思いが強かったのは事実だ」

「そうだったの」

同級生の身に起きた悲劇を自分のことのように悩み、憤るところが清隆らしい。彼は昔から正義感が強く、周囲をよく気にかける性格だった。だからこそ、子供たちの間でいつも兄貴分として慕《した》われていたのだ。

そしてふと気が付いた。彼は独楽子より五つ年上である。救えなかった同級生の妹は、独楽子と同じ歳《とし》だったのでは。

「もしかして……清隆さんが、私が婦人記者になるために協力をしてくれるのって……」

「……そうか。言われてみれば」

彼はたった今気が付いたように返してきた。目尻にうっすらにじんだ涙をうつむいて指でぬぐい、顔を上げてさわやかに笑う。

「罪滅ぼしかもしれないな。あの時、何もできなかったことへの」

独楽子はそんな彼を真正面から見つめ、力強く告げた。

「後悔《こうかい》はさせないわ。必ず期待に応える。信じて」

世の中を少しでもいい方向に変えたい。清隆は以前にもそう言っていた気がする。蝶子《ちょうこ》の問題で何もできないとしょげていた独楽子をはげましてきた時、新聞には力があると訴えてきた。

これまでの独楽子は、婦人記者になるのが最終の目的だった。その先はあまり考えていなかった。だが。

(私にもできるかもしれない……?)

新聞に記事を書いて、自分みたいに何の力もない、ちっぽけな女にも、人の心を動かし世を変えることができるかもしれない。考えるだけでもおこがましいが。

だがもし本当に婦人記者になれたなら――。

その時を想像して力が湧いてくる。

(まぁでも、さしあたっては一人の女の子の人生を守れれば充分。悪い大人に、いいように利用されるのを防ぎたい)

独楽子はそう決意した。臼山勇の過去をもっとしっかり調べなければ。

だが百貨店では、その後これといって勇の情報を得ることができなかった。

成果がないことに焦れていたある日、勤務中に秀子が何気なく教えてくれた。

「今度、五橋男爵がご一家でここにいらっしゃるそうよ」

独楽子は素知らぬ顔で相槌《あいづち》を打つ。

「勇様が婚約されたという令嬢のご家族ですか?」

「そうよ。勇様が男爵家の皆様を案内されるんですって。香織さまとお二人で、結婚に際して必要な品々をお求めになるんじゃないかって、日用品や家具の売り場は張り切っているわ」

「まぁ、すてき」

ほほ笑んで相槌を打ちながら、独楽子は内心ひどく焦っていた。このままでは二人が結婚してしまう。早く何とかしなければ。

どこに当たるのが一番いいか。思いつく先はひとつしかなかった。説得するのは難しいだろうが、彼女はきっと何かを知っている。

次に仕事が休みの日、独楽子はふたたび清島町にある木下家を訪ねた。

命を絶つというのはよほどのことだ。佐和子は何があってそこまで追い詰められたのか。妹の美津子は、姉の自殺が勇と関係あると考えている様子だった。暗い眼差《まなざ》しは姉に負けず思い詰めているようにも感じられる。彼女から何か聞き出せないか。そう思い、戸をたたいた。

一人の女性の人生がかかっている。そう訴えると、佐和子の母親は渋る様子を見せつつも美津子の勤め先を教えてくれた。小川町《おがわまち》にある家具屋だ。美津子はそこで店員をしているらしい。

独楽子はその足で小川町に向かった。

神田《かんだ》小川町は各種料理店や書店、洋品店、学校などがひしめきあう繁華街《はんかがい》である。教えられた家具屋はまずまず大きな店だったため、すぐにわかった。

店先には伝統的な日本の家具と共に、西洋家具も置かれている。昨今の生活改善運動の機運もあり、今は部屋を和洋折衷《わようせっちゅう》の家具で飾る家も多いのだ。

独楽子が近づいていくと、ちょうど美津子が客を見送りに店先に出てきたところだった。絣《かすり》の着物に前掛けをつけた姿である。独楽子が声をかけると、彼女は警戒する素振りでそくさを店の中に戻ろうとした。

独楽子はその背中に向けて声を張り上げる。

「白無垢《しろむく》に朱い墨《すみ》をかけてメモを残したのは、あなたですよね⁉」

そのとたん彼女の足が止まった。振り向いた顔は青ざめている。

「どうして……」

「探偵ですから」

震える声での問いに、不敵に答える。実際は当て推量でカマをかけただけだが、まぁいい。

「美津子さん、その件についてあなたを責めるつもりはありません。誰にも言わないと約束します。ですからお姉さんと臼山氏の間に何があったのか、それだけ聞かせていただけませんか」

　すると美津子はカッと目を見開き、押し殺した声で叫んだ。

「聞いてどうするんですか⁉」

「――――……」

「悪いのは臼山なのに……姉はひどい目に遭《あ》わされた側なのに……！　金目当てだったとか、だらしないとか、育ちが悪いとか、世間は姉だけを悪く言って、自死を選んだことすら非難してきました。母はひどく気に病んで、持病を悪化させて……っ」

　こちらをにらみ、恨み事を並べる彼女の目が涙でうるむ。

「どうして？　私たちはまっとうに暮らしていただけなのに……！」

　独楽子はハンドバッグの中からハンカチを取り出して差し出した。しかし彼女は受け取ろうとせず、涙を隠すように目を伏せる。

「もう関わりたくありません。終わったことです。放っておいてください」

「それでいいんですか？」

　そっと問うと、美津子は悔《くや》しそうにうなだれる。

「……お金、受け取ったんです。うち、母が肺病持ちでお金に困っていたから……」

「臼山氏が、佐和子さんの件でご家族にお金を払ったんですか？」

　再度の問いに、彼女はかすかにうなずいて店の中に入っていった。

(怪しい!)

自死した佐和子の遺族に、なぜ勇は金を払ったのか。やはり後ろめたいことがあったのではないか。

絶対にただ交際していた以外の事実が何かあると思うのだが、それは何なのか。やはり子供か。

「でも証拠がないとねぇぇ……」

憶測だけで記事は書けない。いわんや香織を説得することなどできるはずがない。

新たな道を探して悩んでいた、次の日の夜。独楽子の家に美津子から電話が来た。

置屋《おきや》をやっている母の菊は、見番《けんばん》との箱屋《はこや》を介したやり取りがまどろっこしいからと、家に電話を引いている。よって独楽子は、美津子に自分の連絡先を置いてくることができたのだ。

もちろん内箱《うちばこ》の亀《かめ》さんには、木下美津子から電話がかかってきたら余計なことを言わずに取り次いでほしいと、前もって頼んでおいた。

それが功を奏した。

『ぜひお会いしてお話ししたいんです……』

美津子は暗い声でそう言った。そして翌日、仕事の後で会うことになった。

そういうわけで翌日の夜、独楽子は百貨店での仕事を終えてから、待ち合わせ場所である上野公園内にある東照宮《とうしょうぐう》の五重塔《ごじゅうのとう》に向かった。

独楽子は美津子の家に近い浅草寺に向かうと申し出たが、それだと知り合いに会ってしまうかもしれないと、美津子が上野公園を指定してきたのだ。耳目《じもく》をはばかる話らしい。

（何かしら……？）

五重塔の近く、青白い灯のともった瓦斯灯《ガスとう》の下で待っていると、すぐに美津子がやってきた。彼女は新聞を手にしている。東日だ。

「それ……」

思わずつぶやいた独楽子に、彼女は険しい顔で訊ねてくる。

「これをうちに持ってきたのは、あなたですか？」

「持って……？　いいえ、私では……」

慌てて首を振ると、美津子は釈然としない様子で首をかしげた。そして新聞を開いて見せてくる。

「ここの、臼山勇が男爵令嬢と二ヶ月後に結婚するという記事に赤い丸が……」

「――――……」

確かに。三面の小さなベタ記事が赤鉛筆で丸く囲われている。美津子によると、家で新聞は取っていないにもかかわらず、昨日これが玄関の戸にはさまれていたという。

その説明でぴんときた。清隆の仕業《しわざ》だろう。

東京日出《とうきょうひので》新聞は地域密着型の地元紙。地元の有力者の冠婚葬祭についての記事はめずらしくない。勇の慶事《けいじ》を報せて美津子に揺さぶりをかけるつもりだったのか。

「あなたでないのなら、誰が……」

美津子が怪訝《けげん》そうにつぶやく。独楽子はあわてて適当な推測を並べた。

「臼山氏は多方面から恨みを買っていたようですから、誰かが自分と同じように被害に遭った人たちに報せようとしたのではないでしょうか？　臼山氏が幸せになろうとしている、と」

「本当に許せない」

間髪《かんはつ》を容《い》れず、美津子はうなずいた。

「あんな人間に、どうしてこんな恵まれた結婚ができるの？　誰も彼の正体に気づかないの？」

「この結婚に関しては、周囲は反対しているのですが、相手のお嬢さんが彼に惚《ほ》れこんでいて止められないんです」

「許せない……！」

美津子は新聞をぐしゃりと握りしめた。

「あの人が何事もなかったかのように結婚をするなんて許せない……！」

「────……」

独楽子がだまっていると、やがて顔を上げた彼女は、はっきりと言った。

「姉が臼山勇と交際していた事実はありません」

「え……？」

「姉に、社長の御曹司《おんぞうし》と交際する意志はありませんでした。遊ばれて捨てられるのが目に見えていましたから。姉は貞淑《ていしゅく》な人です。まじめな性格なんです。結婚できないと決まっている相手と付き合うはずがありません」

美津子は理路整然と言う。

確かに片や百貨店を経営する富豪の御曹司、片や長屋暮らしをする店員である。勇の人柄を考えても、およそ結婚が現実的とは思えない。貞淑な女性ならそう考えるはずだ。

独楽子は手帳にメモを取りながら確認した。

「……では、ふたりは交際していなかったのですね？」

「はい。交際ではなく、もっと一方的な関係でした」

「────……」

（新事実！）

独楽子は手帳を握り締めて身を乗り出す。

「そこのところをもっと詳しく聞かせていただけませんか⁉」

「はい」

望むところとばかりにうなずいた美津子は、険しい顔で返してきた。

「私もお願いしたいことがあるのですが……」

「何でしょう?」

「新聞記者のお知り合いはいらっしゃいますか?」


これから自分がすることを取材して記事にしてほしい。それが美津子の要求だった。願ってもいない話だ。しかし五橋男爵と清隆との間にある密約の件、また独楽子がまだ正式な記者ではない事実など、諸々《もろもろ》の細かい面倒があるため、自分が新聞社と関係していることは明かさず、清隆を紹介することにする。

ひとまず近くの店で電話を借りて、独楽子は東京日出新聞社に電話をした。すると清隆は会社近くのカフェー「パウリスタ」で取材中とのことだったので、今度はそちらに電話をしてみる。彼はそこにいて、運良く取材がほぼ終わったとのことだったので、そのままそこで待っていてもらい、独楽子は美津子と共に急いで向かった。

彼女はそこで、臼山勇についての恨みつらみを洗いざらい清隆に話した。吐き出したと言ってもいい。

ひと通り話し終えた後、彼女は目頭《めがしら》を指で拭《ぬぐ》いながら息をつく。

「話してすっきりしました……」

手帳を片手に、清隆が「それで？」と訊ねる。

「これから何をするおつもりですか？」

美津子は背筋をのばし、決然と応じた。

「三行デパートに臼山勇を訪ね、白無垢を汚したのは私であると告白します。人の耳目のある場所で、なぜそうしたのかを話します。あなたは見聞きしたことを記事にしてください」

「なるほど。臼山氏にとっては痛手かもしれない。だがあなたは彼から口止め料を受け取ったのでは？」

「口止め料と言われたわけではありません。あれは見舞金だと思った、で押し通します」

「そんなことどうでもいいわ！」

独楽子は思わず口をはさむ。

「もしそんなことを新聞記事にしたら、美津子さんの今後がどうなるか……！」

彼女はこの先、世間を大きく騒がせた女という目で見られ続けることになる。どこへ行っても好奇の目で見られるだけでなく、普通の結婚も望めなくなるだろう。

言ってしまえば、自分の人生を棒に振る覚悟でなければできないことだ。

しかし美津子の覚悟は固かった。

「すでに『身持ちの悪い女の妹』、『金持ちに捨てられて自棄《やけ》になった女の身内』と言われています。これ以上怖いことはありません」

「ですが……っ」

「真実を明らかにし、姉の名誉を回復したい。悪口を言われるにせよせめて『姉の仇《かたき》をとった妹』と思われたい。……それさえ果たせれば本望です」

静かに、しかし毅然《きぜん》とそう言い切る。その眼差《まなざ》しに迷いはなかった。

騒ぎがあったほうが目を引く記事になるためだろう。清隆に否《いな》やはないようだ。独楽子はため息をつく。

「でも……」

美津子が何を言ったところで、臼山勇がしらばっくれればそれまでだ。騒ぎを起こした事実だけが誇張されて、事態を悪化させることになりはしないか。

独楽子の意見にも、美津子は頑《かたく》なに言い張った。

「それでも記事になれば大きな醜聞《しゅうぶん》になります。臼山勇だって無傷ではいられません。お相手の令嬢がどう受け止めるかはわかりませんが、一矢《いっし》報いたことになるのではないでしょうか？」

「でも……」

独楽子は今度、清隆に小声でささやく。

「赤新聞に持っていくつもりでしょう？」

「……まぁな」

彼が籍を置く東日は、いまだに政論新聞を標ぼうするお堅い新聞である。個人の醜聞を告発する記事などまず掲載しないはず。つまり清隆は例によって知り合いの赤新聞に記事を持ち込むつもりなのだ。

赤新聞は庶民《しょみん》に人気で読者も多いが、社会的な信用はあまり期待できない。とすると、記事が出たことで醜聞にはなるかもしれないが、人々が記事の内容を信じるとは限らない。美津子に人生を懸《か》けさせて、収穫がそれだけというのではあまりに割が合わない。

（何かないかしら……。何か……赤新聞ではなくて東日に載せる方法……あれもこれも全部、私の化け込み記事に書いてしまう方法、何か……）

しばし考えこんでから、独楽子はハッとあることを思い出した。

「そうよ、臼山には弱点があるじゃない」

「弱点？」

「待って。今、考えるわ」

小首をかしげる美津子に手を上げて制し、急いで思いつきをまとめる。いけるかもしれない。そう確信を得たところで、清隆に向き直る。

「ちょっと調べてほしいことがあるんだけど……」

そして発した問いには、「そんなの、調べるまでもなくみんな知っていることだ」と返答があった。

※

その日、三行百貨店の中はいつものように華やかで風雅《ふうが》でありながら、どこか張り詰めた空気があった。

特別な客が来ることになっているためだろうか。

四時頃にやってきた久我清隆は、一階の喫茶室でコーヒーを注文した。そして煙草《たばこ》を吸いながら洋書を読んだ。

知り合いに会っては困るので、和装に眼鏡《めがね》をかけて、ちょっとした変装をしている。また椅子《いす》の脇に置いたバスケットのカバンにはカメラが入っている。

今頃、独楽子は体調不良を口実に早退し、帰宅したふりで店内の某所《ぼうしょ》に身を潜めて準備をしているはずだ。

珍妙な計画だが、はてさて上手《うま》くいくかどうか。

三十分ほどたった頃、美津子がやってきて清隆の正面に座った。顔がこわばっている。

「緊張していますか」

「はい……。でも大丈夫です。きっとやってみせます」

決死の顔つきでそう言う相手に、清隆は笑顔を浮かべた。

「とにかく僕の傍を離れないことです。そうすれば暴力を振るわれそうになっても何とかしますから」

「いいえ。臼山が手を上げたら邪魔をせずに写真を撮ってください。どうかお願いします」

にこりともせずに言う。肝《きも》の据わっていることだ。

二人で待っていると、あたりが暗くなり始めた夕方の五時。勤め帰りの客でにぎわう中、百貨店の正面玄関がさわがしくなった。

清隆と美津子はうなずき合って喫茶室を出る。正面玄関を見れば、勇と香織、そして五橋男爵夫妻が共に姿を現したところだった。

先頭を進む二人は幸せそのものの様子だ。が、後ろの二人は複雑な表情である。そんな四人を、エントランスで待っていた臼山社長と、勇の兄にして副社長の歩が出迎えた。

彼らは新居で使う家具や日用品、和服、洋服、宝飾品などを購入する予定だという。

六人は上の階に上って買い物を始めた。そして一階ずつ降りてくる。その間、清隆と美津子は二階にある特別展示場でひたすら待った。

二時間ほど待ち、外がすっかり暗くなった七時頃、六人はようやく二階の特別展示場のほうへ近づいてきた。

夏の着物が売り場に並ぶ直前ということで、正面玄関に向けて張り出したテラス風の展示場には、高価な夏向けの薄物がずらりと展示されている。

一番目立つ場所にあるのは、花嫁衣裳でもある白無垢《しろむく》の打掛《うちかけ》である。京都の総刺繡《そうししゅう》で何とかと、勇が香織に得意ぶって説明をしていた。香織はうっとりと白無垢を眺めている。

「――――……」

うなずき合った後、美津子が六人のほうに向けて歩き出した。清隆も身体《からだ》の陰にカメラを隠し持ってそれに続く。

急に現れた美津子を、六人が不思議そうに振り向いた。

彼女は勇の目の前で足を止めると、おもむろに口を開く。

「先日、ここにあった白打掛を汚したのは私です」

「なんだって?」

勇は眉根《まゆね》を寄せた。美津子が言うには、彼は佐和子の葬式に顔を出さなかったため、互いに面識はないという。

六人はそれぞれ驚いたふうだった。その中から勇が香織をかばうように前に出る。

「いったい何のつもりだ」

「初めまして。私、木下美津子と申します」

臼山社長がうめくような声をもらす。だが男爵家の三人は事情が分からないふうできょとんとしている。

勇はと言えば、羞恥《しゅうち》と怒りに頬《ほお》を上気させた。

「いきなりやってきて何だ！　非常識だろう！」

美津子はひるまず言い返す。

「あなたが姉にしたことに比べれば、どうということはありません」

「誰か！　この無礼な女をつまみ出せ！」

指示を耳にした男性店員が走り寄ってきて、美津子に退店を促す。もちろん彼女は首を横に振った。

清隆はカメラを出したい欲求をぐっとこらえる。まだだ。もう少し。

騒ぎを聞きつけた客が、こちらに注目し始めた。折しも四階まで吹き抜けになっている上に、どこからも見やすい展示場である。野次馬は少しずつ増えていく。

美津子は声を張り上げた。

「あなたは私の姉に何度も言い寄りました。しかし拒《こば》まれ続けて腹を立て、姉を無理やり手籠《てご》めにした。おまけに言うことを聞かなければ言いふらすと脅《おど》して、一年以上姉を弄《もてあそ》んだ！」

香織がハッとしたように勇を振り仰《あお》ぐ。もちろん彼は即座に否定した。

「黙れ！　でたらめを言うな！」

素早くカメラを出した清隆は、激高して美津子を怒鳴りつける勇の姿を、しっかりと写真に収めた。フラッシュの光に気づいた勇は、こちらに気づいてますます頭に血が昇ったようだ。

「貴様！　写真を撮るな！」

怒りにゆがんだその顔もまた撮影する。これは挑発だ。その間、美津子は勇に向けて――というていで実際は香織に向けて、告発を続ける。

「あげくに子供を身ごもった姉に、あなたは堕胎《だたい》しろと迫ったじゃないですか！　それを拒んだ姉に、ひどい暴力を振るって！」

訴えを耳にした野次馬がざわざわと騒ぎ出す。

どちらを信じればいいのか、迷いが生じたのか。香織は、深い恨みに歪んだ美津子の顔と、過剰《かじよう》に反応する勇とを交互に見ていた。

勇は美津子を指弾する。

「嘘だ！　全部大嘘だ！　この女は俺を陥《おとしい》れようとしている！」

「嘘つきはそっちよ！　その後、姉の赤ん坊は流れてしまって――きゃっ……⁉」

人をたたく高い音が響いた。勇が平手で美津子を張ったのだ。体重の軽い彼女はわずかに宙を飛び、床に倒れ込む。野次馬から非難のざわめきが上がった。

倒れたまま、頬を押さえた美津子が叫ぶ。

「だから白無垢を汚したのです！」

野次馬の非難がさらに大きくなった。

勇は美津子を指さして怒鳴る。

「この嘘つきの売女《ばいた》が悪い！　何もかもこいつの一人芝居だ！」

清隆はその様子も写真を撮る。と、彼はこちらに向かってきた。

「写真を撮るなぁぁぁぁ!?」

つかみかかり、カメラを奪おうとした勇を、父と兄が羽交《はが》い締《じ》めにして制止する。

「よせ！」

「ここをどこだと思っている！」

その横で男爵夫妻が娘を抱き寄せる。

異変が起きたのはその時だった。突然、店内の照明がいっせいに消えたのだ。

「停電だ！」

そんな声が重なって響く。帝都では決してめずらしい事態ではない。

だがあたりはおそろしい暗闇に包まれ、突然の出来事への不安の声が上がった。

部屋の扉を少し開けて、独楽子が息をひそめて外の様子をうかがっていると、その時が来た。

※

建物内の明かりが急に消えたのだ。

あたりは真っ暗になり、人々の騒ぐ声が聞こえてくる。そんな中、店員たちは突然の事態にも落ち着いて対応していた。

「豆ランプを持ってこい！」

そこここでそんな指示が上がる。手のひら大の小さな石油ランプは、持ち運びに便利な上、様々に意匠《いしょう》の凝《こ》らされた美しい品が多く、人気の商品である。売り場にたくさん並んでいるほか、店内のあちこちに停電の際の光源として置かれている。

ほどなく店員達が灯をともした豆ランプを持ち寄り、客を出口へと誘導し始めた。大きな混乱はないようだ。

そーっと部屋を出て、誰もいない廊下《ろうか》を進み、人がいるほうをのぞくと、手に手に豆ランプや提灯《ちょうちん》を持った店員が暗闇に浮かび上がっている。まるで暗闇の中に蛍《ほたる》が浮遊しているかのよう。――あるいは幽霊だろうか。

衣装を身につけた独楽子は、薄い笑みを浮かべた。

そして大方の客が外に出た頃を見計らい、ゆっくりと二階の特別展示場に向かった。

足音をさせないよう、履物《はきもの》は履かず、足袋《たび》だけである。さらに襦袢《じゅばん》の裾《すそ》に少し細工《さいく》をして、つま先を引っかけて歩く形にした。よって歩いても裾から爪先《つまさき》が出ない。

足下が暗い中、見取り図の記憶を頼りに進んでいくと、まずは勇の兄・歩が、独楽子を目にして目を瞠《みは》った。そして震える指をこちらに向けてくる。

「なっ……、なんだあれは……!?」

つられて独楽子を見た人たちから悲鳴が上がる。

それもそのはず。独楽子は花嫁よろしく黒い小袖《こそで》の上に白無垢を重ねている。さらに首には縄を巻いていた。縄の先は床に落ちているとはいえ。

加えて細工のせいで、周囲から独楽子の足は見えない。もっとも周囲はひどく暗いため、足元に限らず全体的に見えにくいだろうが。

異様な風体《ふうてい》に、居合わせた人々から短い悲鳴が上がった。皆の注目を浴びながら、独楽子はうつむきがちに、一歩ずつゆっくりと前に進んでいく。

頭は文金高島田《ぶんきんたかしまだ》の髪《かつら》に角隠《つのかく》し。顔は化粧《けしょう》で佐和子に似せていた。美津子から写真を借りて厚塗りをしたのだ。仕上がりは上々のよう。床に倒れた美津子までもが、驚いたように見上げてくる。

暗闇の中、音もなく勇に近づく独楽子を目にして、店員達から「木下さん……」「佐和子さんよ……！」「たたりだわ……」とささやきがこぼれた。

そこで独楽子はゆるりと顔を上げ、哀しみの表情を浮かべて勇を見つめる。

「恨めしや……」

凍り付いたように立ち尽くしていた勇は、「ひぃっ!?」と裏返った声を響かせた。

幽霊が苦手というのは本当のようだ。独楽子はいっそうおどろおどろしくささやく。

「あなたに強引に操《みさお》を奪われた日から……私の地獄は始まりました……あなたは何度も、何度も私を慰みものに……」

「さ……佐和子……」

「二ヶ月前、赤子を身ごもった私に、あなたは堕《お》ろせと迫ってきた……。もう別れるといって……」

周りがざわざわし、五橋男爵夫妻も眉をひそめる。

独楽子は一歩、また一歩と勇に近づいていった。勇はその分、一歩ずつ後ずさる。

「ち、ちがうんだ……」

「勇さん……？」

香織が不安そうに勇についていくも、彼はそれを手で押しやった。

「ちがうんだ……！」

「勇さん、あの幽霊をご存じなの……？」

「うるさい！　黙れ！」

勇がそう叫ぶと、とうとう香織を置いてひとりで逃げ出す。独楽子はゆったりと追いかけた。

「産むと答えた私に、あなたは怒って手を上げた……。私を突き飛ばして、机にたたきつけ……」

「おまえが俺の言うことを聞かないからだ……！」

叫び返した勇は、テラス風になった特別展示場の端にめぐらされた手すりまで追い詰められ、そこで腰が抜けたように頽《くずお》れる。手すりにしがみつき、恐怖の面持《おもも》ちで独楽子を見上げる。

「ゆっ、許してくれ……」

「赤ん坊を失って……、姦婦《かんぷ》だ、淫婦《いんぷ》だとさんざんに言われ……首をくるしかなかった……」

「金を払ったじゃないか！　成仏《じょうぶつ》しろよぉ……！」

情けない声を張り上げた後、彼は丸くなって震えた。よほど佐和子にひどいことをしたのか。もはや周囲の目も忘れているようだ。

香織が泣きながら声を張り上げる。

「何なんですか、あなたは……！　どうして今さら出てきたんですか……！」

そんな娘を男爵夫妻が再び抱きしめる。

頃合いだ。独楽子は床に座り込んでいる美津子のほうに向かった。その傍には、しゃがんで彼女を支え起こそうとする秀子の姿もある。少しだけ冷や汗がにじんだ。が、化粧はばっちりだ。自信を持って近づき、姉の顔で美津子に声をかける。

「美津子……あなたは幸せになってね……」

彼女は黙ってうなずいた。

その後、独楽子は元の誰もいない、真っ暗な廊下へゆっくり進んでいく。展示場にいる人々からは、暗闇に溶け込んで消えたように見えたはずだ。

展示場から充分離れたところまで来ると、独楽子は急いで目立つ白無垢《しろむく》を脱いで丸めた。ついで鬘と角隠しも外すと、それらを小脇に抱え、黒の小袖姿で急いで従業員用の裏の階段に向かう。そこで抱えたものをすべて黒い風呂敷に包み、泥棒よろしくそれを首に引っ掛けて背負った後、足音をさせずに急いで階段を駆け下りた。

そしてあらかじめ計画した通り、一階の通用口に停まっていた自動車に飛び込む。

「おぅい、待ってくれ！」

同じく抜け出してきたらしい清隆が、いっしょに乗り込んでくる。

二人を乗せた自動車は、そのまま暗闇の中を人知れず走り出した。

「何とかうまくいったー！」

車中に用意されていた草履《ぞうり》を履きながら、独楽子は大きく息をついた。

「あぁ、さすがだな。予想以上だ。きっとあの場にいた人間はみんな、独楽ちゃんを本物の幽霊だと思ったにちがいない」

「美津子さんは大丈夫だったかしら……？」

「女性店員が彼女に声をかけて世話していた。平気だろう」

三行百貨店から十分ほど走った後、自動車は一軒の民家に入っていった。

さほど大きくはないものの瀟洒《しょうしゃ》な洋館は、臼山勇の兄・歩の家である。

あらかじめ事情を聞いていた女中は、すんなり迎え入れてくれた。

そこで化粧を落とし、着物を着替えて一息ついていると、しばらくして歩も帰ってくる。

「デパートは蜂《はち》の巣をつついたような大騒ぎだ！」

居間に入ってきた彼は、ひどく満足そうにそう言った。

「父はいちおう従業員にかん口令を敷いたが、わずかに客も残っていたようだし、どうなるかな」

「よろしいのですか？」

「かまわんよ。一時的な醜聞《しゅうぶん》になるかもしれんが、これで勇を勘当《かんどう》する大きな理由ができた。縁を切ってしまえば臼山家の体面も守れる」

ネクタイを緩《ゆる》めながら、彼は無情に言い切った。

そう。美津子が勇を糾弾《きゅうだん》し、独楽子が幽霊のふりでその場に姿を現す……そんな奇策が実行に移せたのは、副社長である歩が味方についてくれたおかげだ。

ぜひとも勇に一泡《ひとあわ》吹かせたいと熱弁をふるい、今回の計画への協力を仰《あお》いだ独楽子と清隆に、彼はふたつ返事でうなずいた。

元はと言えば、歩の方が先に香織への結婚を申し入れていたのだ。五橋男爵もまた、多くの他の求婚を退けて歩を選んだ。にもかかわらず勇が横槍を入れ、花嫁を奪った。――それがすべての始まりである。

『臼山歩は、弟をどう思っているのかしら？　もし勇に目に物を見せる計画があるとしたら乗ってくれると思う？』

そんな独楽子の問いに、清隆は大きくうなずいた。

『調べるまでもなく、歩は勇の破談と失脚を願っているはずだ』

臼山家の兄弟の不仲は昔から有名だったが、今回の縁談の横取りによって亀裂は決定的なものになったという。

そして「美津子の友人である女性店員」を名乗り、実際に対面した臼山歩は、野心家だが、弟と違い素行は悪くない常識的な人だった。

ということで前もって歩から、二階の使われていない倉庫の鍵《かぎ》をもらい、早退した後にそこで幽霊になる準備をした。

花嫁衣装と鬘も、歩が百貨店の倉庫から持ち出してくれた。三行百貨店では結婚式に必要なもの一式を販売しているため、好きに揃えられるという。ちなみに後でこっそり倉庫に返却するそうだ。

仕上げに歩に忠実な部下を電源室に配し、百貨店の照明を落としてもらった。真相はそういうことだ。

「香織さんの様子はどうでしたか？」

独楽子の問いに、歩は小さく息をつく。

「男爵が有無を言わせず連れ帰った。騒動を目《ま》の当たりにして真っ青になっていたからな」

あれだけ深く信じていた恋人が女性に暴言を吐き、暴力をふるったあげく、二ヶ月前――香織と出会った後の悪行を認めたのだ。衝撃は計り知れないだろう。

「そうですか……」

彼女のためにも結婚を阻止できてよかった。そう信じるしかないけれど、後味はよくない。

その後、帰るためにまとめていた独楽子と清隆の前に、歩がおもむろにひとつずつ札束を置く。

「言うまでもないが、このことは他言無用に」

「………」

独楽子と清隆は顔を見合わせた。

翌日、東京日出新聞は、連日巷《ちまた》を騒がせていた鉄道敷設の収賄《しゅうわい》疑惑にからむ重要なスクープを報じた。

むろん五橋男爵から証言を得た清隆の記事である。

独楽子はといえば、三行百貨店を一身上の都合で退職し、記事に取り掛かった。

当然だが独楽子も清隆も、歩の口止め料を受け取らなかった。「どういうことだ⁉」と詰め寄る相手から逃げるようにして洋館を辞去した。

デパートガールの仕事に未練がなかったといえば嘘になるが、化け込みの記事を書きたい気持ちのほうが勝《まさ》った。何しろ単なる化け込みではない。三行百貨店が必死に隠ぺいを図る幽霊騒動も含めた波乱のドラマである。

まず第一話目は、S百貨店に女性店員として化け込んだ記者が見る、デパートガールの日常と実態。

そして二話から社長令息Iの結婚話を始める。お相手は男爵令嬢K。Iは大学を出て留学もしたエリート。好男子で、上流階級の知り合いも多い。女性店員の中でもIは大変な人気。一方で、彼は退職した女性店員と交際していたという噂《うわさ》もある。

そもそもその縁談、本当はIの兄のものだったが、IがK嬢の心を奪ったために兄は身を引いた経緯がある。男爵はそんなIに不信感を覚えていたものの、K嬢はIを一心に想っており耳を貸さない。そんな中、S百貨店で白無垢を汚す怪事件が起きた。しかし不思議なことに社長はそれを全力で隠蔽《いんぺい》する。

ある日、両家がS百貨店に集まり、結婚の支度《したく》のための買い物をしていると、Iの前に、交際していた女性店員Sの妹を名乗るMが現れ、かつて姉にした残酷《ざんこく》な仕打ちを告発する。Iは激怒し、すべて悪質な嘘だと主張してMをたたく。

その時、百貨店が突然停電し、自死したSの幽霊が現れ、Iに己の罪を認めさせる。

哀れなK嬢は両親と共にS百貨店を後にしたのだった……。

「こんなものかしら……」

独楽子は記事を一気に書き上げた。

当たり前だが、自分が芝居をした事実は伏せて、現れたのはあくまで幽霊ということにしている。

原稿は前回の蝶子の時と同じくらいの分量になった。上手《うま》くいけば連載になるだろう。自信たっぷり持っていく。だがしかし——独楽子は大事なことを失念していた。

地蔵によく似た東京日出新聞の主筆《しゆひつ》・西谷《にしたに》は、原稿を一読した後ににべもなく不採用を告げてきた。

「内容がおもしろいのは認める。だが個人の醜聞に偏《かたよ》り過ぎている。それにオチが怪異というのも、新聞記事としては不適当だ」

そう。東日は自他ともに認める硬派な新聞である。この記事が通るわけがなかった。

あまりにもあっけなく、独楽子の希望は打ち砕《くだ》かれる。婦人記者になる道のりはまだまだ遠そうだ。

その後、独楽子は別の新聞社に記事を持ち込んでみたが、そちらも色々あって記事を売らずに持ち帰ってきた。

(こんなことなら数年はデパートガールの仕事にしがみつけばよかった!)

後悔《こうかい》してももう襲い。

帰宅した独楽子は、執筆のために前夜一睡もしていなかったこともあり、放心状態で畳《たたみ》にごろりと横になる。

目に映るのは古びた竿縁天井《さおぶちてんじょう》。桐《きり》の簞笥《たんす》やら鏡台やらは他の家でも見かけるありふれたものだ。だが桐の三味線箱《しゃみせんばこ》は少々めずらしく、また商売繁盛《しょうばいはんじょう》を祈る縁起棚《えんぎだな》など、普通の家にはまずないだろう。

置屋《おきや》をやっている実家の居間である。

目をつぶって悩んでいると、板張りの廊下《ろうか》を踏みしめるギシギシとした足音が近づいてきて、抱えの芸妓《げいぎ》・夏代《なつよ》が姿を現した。撫子《なでしこ》柄の涼しげな浴衣《ゆかた》だ。やわらかい声で訊ねてくる。

「独楽ちゃん、今日はお勤めに行かないの？」

銭湯からの帰りか、化粧《けしょう》もしておらず、浴衣の襟《えり》ぐりも、男が前にいれば目のやり場に困るほどくつろげている。

夏代は手にしていた風呂敷包みを畳に置き、文机《ふづくえ》の上にあった原稿用紙の束を手に取った。

「これ、新しい記事？」

「そのつもりだったけど……」

うめく独楽子の頭上で、夏代は読み始める。

「すごくおもしろいわよ」

「ありがとう。でもだめだったの。通俗的すぎるって」

「あら、通俗の何が悪いのよ？」

　普段から、下世話な風俗誌を好んで読んでいる夏代は、不思議そうに首をかしげた。

「とりすました記事なんかよりよっぽどおもしろいわ。こんなにたくさん書いたんだから、どこか他の新聞に持っておいきなさいよ」

「それもやった。でもだめ……」

「どうして」

「書き直せって言われたの。佐和子さんがお金目当てに御曹司《おんぞうし》に近づいて、まんまと子供まで作って結婚に持ち込もうとしたけど失敗して化けて出たって内容にしたほうが、男の読者にも受けるし、臼山家から必要以上ににらまれずにすむって言われて」

「そりゃあ、ずいぶんね」

「そうすれば高く買うって言われたけど、断ったわ」

「残念ねぇ。昨日あんなに頑張っていたのに」

　夏代が原稿用紙を机に置いて、その上に文鎮《ぶんちん》をのせる。

「それにしても、三行デパート幽霊騒動がこんな真相だったとは」

「え？　幽霊騒動を知っているの？」

「そりゃあ……昨日からあちこちで噂になってるもの」

「あちこちで……」

歩の話を思い出す。騒動のさなか、店内にはまだ客がわずかに残っていたようだ。そのあたりからもれたのだろうか。

「あぁ、ほら――」

化粧台の前に座った夏代がラジオをつけたところ、ちょうどその話題が流れてくる。畳に寝ころんだまま、独楽子は聴くともなしにそれを聴いた。

その時、家の電話が鳴る。しばらくして母の菊が居間にやってきた。

「清隆さんから電話よ」

「はーい」

億劫《おっくう》な気分で身を起こし、電話口に向かい、受話器を手に取る。とたん、『独楽ちゃん？』とさわやかな声で不意打ちをくらい、思わず受話器を落としそうになる。

「はっ、はい……？」

『つかまってよかった！　西谷さんが、さっきの原稿をもう一回読みたいから持ってきてほしいって』

「へ？」

『いいから！　急いで持ってきて！』

一方的にそう言うと、電話は切れてしまう。

「なんなの……」

釈然としないながらも、独楽子はもう一度よそ行きの洋服に着替えた。身ひとつで実家に戻ってきた時には着たきり雀《すずめ》だったが、あれから多少お金も入ったので生地を買い、時間の合間を縫《ぬ》って仕立てている。おかげで少しずつ増えてきた。

外出の支度をととのえた独楽子は、原稿用紙の束を風呂敷に包んで抱える。

「ちょっと行ってきます」

玄関の上がり框《かまち》に腰かけ、靴《くつ》を履《は》きながら声を上げると、見送りに出てきた菊が、独楽子の頭上でカチカチと切り火を切った。


東京日出新聞社の編集部は、夜の八時になってますます活気のある様子だった。この時間に帰宅する社員はいないようで、電話もひっきりなしに鳴っている。

ずらりと並ぶ木製の事務机の上に、蛇腹《じゃばら》のカメラ、灰皿とタバコ、書籍、辞書、そして膨大《ぼうだい》な量の原稿用紙。ついでにラジオ。雑然として煙草《たばこ》くさいオフィスの中を、まっすぐに主筆の机に向かう。

そこには地蔵にそっくりな顔に丸眼鏡《まるめがね》をかけた、東日の主筆・西谷がいた。化け込み記事の第二弾を書いて提出すると、以前約束した相手だ。

独楽子が来たことに気づくと、彼は応接用のソファに移動した。そして独楽子にも向かいに座るよう促してくる。

布張りのソファーに腰を下ろし、独楽子は風呂敷から原稿を取り出して渡した。

「もう一度読むって、どういうことですか？」

「いや、少し考え直したことがあって……」

西谷は少々バツが悪そうに受け取り、再度中身に目を通していく。そして皺《しわ》の寄った眉《み》間《けん》を押さえた。どう見ても原稿を歓迎しているふうには見えない。しかし地蔵のように微動だにせず黙考し続け、数分がたった頃、「そうか」とつぶやいて目線を上げた。

「……これ、K嬢ではなく、Mの話に書き換えるのはどうだろう？」

「Mの話に……？」

つまりは香織ではなく、美津子から見た話にするということか。

無力な女性が金持ちの御曹司に弄《もてあそ》ばれ、死を選ぶ羽目になった怒りを、被害者の妹が告発しに行った。

「その形にすれば、かなり東日《うち》向きの記事になるはずだ。また最後に臼山家の反論も載せよう。それで公平になる。君、これ明日の昼までに書き直せるか？」

「はい、やります！」

ほぼすべて修正となる。分量を考えると気が遠くなりそうだったが、大きくうなずいた。

まだ見習いにすらなれていない身で否《いな》と言えるはずがない。

何より、独楽子が書きたい筋のまま書いていいと言われたのがうれしかったのだ。

急いで原稿を包んで立ち上がり、編集部を出たところで背後から清隆が追いかけてきた。

「よかったな」

「急にどうしちゃったの？　何かあった？」

「あぁ」

清隆は目元を和《なご》ませ、ちらりと西谷を見る。

「君が帰って数時間のうちに、西谷さんは三行デパートの幽霊騒動が、巷《ちまた》で大きな話題になっていることに気づいてね」

「はぁ……」

「今日一日で急に色々な媒体《ばいたい》で取り上げられたからな。ラジオとか」

「そうね」

「そうなると、いつも厳しい売り上げとにらめっこしている東日の社長兼主筆《しゅひつ》としても無視できなかったんだろう」

「あぁ、そういうこと」

たしかに他の新聞やラジオの多くが幽霊騒動に言及しているが、作り手が事情をよくわかっていないため、当て推量による荒唐無稽《こうとうむけい》な怪談になってしまっている。そのせいで臼山家や香織についての根拠のない噂《うわさ》も、大量に湧いては消える始末。

そんな中、実際に事件を追った記者による記事は貴重だろう。

「これが真実だと世間に知らせる意味で、この記事には価値がある、とでも考え直したんだろう。——ま、旬《しゅん》の話題は売れるっていうのが本音だろうが」

「何にせよ、ありがたいわ！」

「その意気だ。がんばれよ」

新聞社一階の玄関で、清隆はそう言って肩をたたいてきた。

もちろんそのつもりだ。独楽子は風呂敷包みを抱えてまっすぐ家に帰る。

そして文机を出して居間を占領すると、夜を徹して原稿を書き直した。

経営者の息子に弄ばれ自死した従業員の妹が、正々堂々と職場に抗議しに行き、暴力に訴えることなく姉の仇《かたき》を取った。——化け込み記者はそれを追った、という話に変えていく。

「なるほど。確かにこれなら東日に載っていても違和感がないかも……」

同じ話なのに、視点を変えるだけでまったく異なる内容になる。

「奥が深い……」

しみじみつぶやいて読み返す頃には夜が明けていた。

少し仮眠を取った後、約束通りに原稿を提出しに行く。目を通した西谷は、「よし」とうなずいた。

さらに西谷はその場で受話器を取り、臼山家に電話をかけて原稿を掲載する旨《むね》を伝えた上で、反論を受け付けると申し出た。すると断固拒否された上に怒鳴られたようだ。

だがその後、清隆が五橋男爵を通して説得した結果、「すべては臼山家の監督不行き届きのせいで起きたこと」という謝罪と、木下佐和子へのお悔《くや》みの言葉、そして勇を勘当《かんどう》したという内容の原稿が、歩の名前で届けられた。

臼山家はしばらくあれこれ言われるかもしれない。しかし何もかも隠蔽《いんぺい》し、非を認めない家だと世間から後ろ指をさされ続けることはなくなる。

記事が掲載された日の夜、独楽子は上野公園の池の畔《ほとり》で美津子と待ち合わせた。

新聞を渡すと、彼女は当該《とうがい》のページを開いてしみじみと眺める。

「まさかこんなことになるなんて……」

独楽子は笑った。

「本当は、職場についての化け込み記事を書くだけのつもりだったの。でも佐和子さんの話を聞いて、どうにも黙っていられなくて……」

「どうして？」

彼女は心底不思議そうに訊ねてくる。

「誰も私達の味方をしてくれなかったのに、あなたはどうしてここまで親身になってくれたの……？」

改めて問われ、独楽子も答えを探した。婦人記者になりたかったから。そのためにいい記事を書きたかったから。一番の理由はそれだ。

だが世間が言うように佐和子を野心的な悪い女とせず、被害者として書いたのは、一人の女性が金持ちに踏みつぶされた事実を、なかったことにしてはいけないと思ったためだ。

記事を売るために彼女を題材として消費するだけで終わってはいけないと考えたから。

「……世の中を、ほんの少し良い形にできるかもしれないと思って、やってみたくなって」

「良い形に？」

「今回の件で言えば、臼山勇に罪を認めさせて、佐和子さんには何の罪もなかったことを明らかにして、彼の虚栄心のためだけの、香織さんを不幸にするに決まっている結婚を白紙に戻せればって思ったのよ。ついでに無軌道な振る舞いが自分の首を絞《し》めることもあるって、世の中を舐《な》めた御曹司《おんぞうし》たちに伝わればいいというのもあったけれど」

世の多くの人にとっては何も変わらない、ごくごく小さな変化である。それでも自分の書いた記事が、未来をわずかでも望ましい形に変えられたなら、こんなに誇らしいことはない。

「そう……」

小さくうなずいた後、美津子は少し迷うふうに切り出した。

「私が気にするのは、おこがましいと思うのだけど……、男爵の令嬢はお元気でいらっしゃるかしら」

「香織様は、しばらく岐阜の親戚《しんせき》のお家で過ごされるそうよ」

気持ちを整理するため静かに過ごしたいと、本人が言い出したそうだ。もちろん男爵夫妻に否《いな》やはなかった。

「美津子さんは大丈夫？　いやな目に遭《あ》っていない？」

「ええ……どこに行っても好奇の目で見られるけれど、それは覚悟の上だったし。平気よ。人の噂も七十五日っていうでしょう。そのうち落ち着くと思うわ」

それよりも、こうして姉の無実を広く世間に伝えられたことのほうがうれしかった。

独楽子に礼を言った後、彼女は不忍池《しのばずのいけ》を眺める。夜の水面《みなも》は、瓦斯灯《ガスとう》と月の明かりを受けて揺らめいている。

「……本当は、姉に対して言いたいことも色々あったのよ。どうして何も言ってくれなかったの、とか。死ななくてもいいじゃない、とか。でも……姉に扮《ふん》した独楽子さんが、最後に私に声をかけてくれた時、なんだか本物の姉がそこにいるように感じたの。独楽子さんの横に立っている気がして……」

美津子が振り向いて言う。そのやわらかいほほ笑みを目にして、独楽子はぞくりと肌が粟立《あわだ》つのを感じた。

実はあの時、独楽子は美津子に「ありがとう」と言うつもりだった。だが不思議なことに、気づけば「あなたは幸せになってね」と口から出ていた。——自分の意図した台詞《せりふ》ではなかった。

あの時、佐和子は成仏《じょうぶつ》していなかったのではないかと感じた。

この世に心残りがあったのだろう。むろん臼山ではない。自分のせいで臼山に恨みを募《つの》らせる妹のことが、佐和子には気がかりだったのだ。だがもう大丈夫。

新聞を折りたたみ、美津子は大切そうに抱きしめた。その目は前を向いている。

「私は姉より強く生きて、きっと幸せになるわ」

ふっきれた口調での決意表明を、独楽子はうれしい思いで受け止め、大きくうなずいた。

独楽子の記事は、今度こそ東京日出新聞の販売部数を押し上げた。何しろ幽霊騒動について最も世間の関心が高い時期に、正確にして詳細な説明を載せたのだ。

他の新聞は、東日の記事をもとに次々と後追い報道を出したほど。

「一時のまぐれだと言う人間もいれば、やはりこれからは女性を無視して新聞は作れないと言う人間もいて、編集部は大騒ぎだ」

清隆は苦笑いを浮かべて話した。

独楽子は西谷から受け取った、記事に対しての読者からの手紙の数々を読みながら、そのうちの一通を彼の前に置いた。

「そもそも化け込み記事は東日の新聞にふさわしくないと言う人もいるわ。わざわざ手紙を送ってくるなんてヒマね」

「つまり大反響ってことだ」

彼は朗《ほが》らかにまとめる。

いつものカフェー「パウリスタ」である。焦茶色の制服を着たボーイの少年にも、だいぶ顔見知りが増えてきた。

テーブルの大理石の天板の上には、馥郁《ふくいく》たる香りを漂わせるコーヒーカップがふたつ。

独楽子は今日、仕立てたばかりの新しい洋服に身を包んでいる。白地に浅葱《あさぎ》色のチェックのワンピース。縮織《ちぢみおり》に似たさらりとした生地で袖《そで》は七分丈。首には東雲《しののめ》色の薄いショールを巻いている。さわやかな五月の気候にぴったりだ。断髪にも似合っていると思う。

本日顔を合わせた時、清隆の目に感嘆《かんたん》の光が瞬いたことに、独楽子はすこぶる気分を良くした。

彼は煙草《たばこ》入れから敷島《しきしま》を取り出し、吸い口をつぶしてからマッチで火をつける。

「幽霊にまで化けたかいがあったな」

「今思うと、やり過ぎたかもと思わないでもないわ」

「そうなのか？」

「ええ」

美津子には世の中を良くするだの何だの、恰好《かっこう》のいいことを言ったけれど。――それも嘘ではないけれど。根源にあったのはもっと個人的な感情だ。

「むきになっていたのよ。男に騙《だま》されて痛い目を見た自分の心の傷を癒《い》やすためにも、どうしても臼山に丸め込まれている香織さんの目を覚まさせたかった」

白状すると、清隆はハハハ、と快活に笑った。

「代替《だいたい》行動か」

「おかげでだいぶ気がすんだわ」

「これで君は、晴れて婦人記者の仲間入りだ」

そう。今朝、西谷から正式に採用の話をもらったのだ。もちろん二つ返事で受けた。

これから先、独楽子はあの編集部に自分の机を持つことになる。

「これからもよろしくお引きまわしのほど、お願いね。先輩」

冗談めかして言いながら、読者からの手紙を大切にハンドバッグにしまう。

と、清隆が煙草を灰皿に置き、懐《ふところ》から何かを取り出した。

「これ、親父《おやじ》から」

差し出されたのは、白金《プラチナ》の婦人用腕時計である。値の張る品だと一目でわかった。

「どうして?」

「このあいだの懐中時計は修理して、いい客に買ってもらえた。その礼だそうだ」

「でも……」

受け取るのをためらっていると、清隆は時計をテーブルの上に置き、ずいっと押しやってくる。

「記者の予定は時に分刻み。時計がないとやっていけないぞ」

こちらを見つめる目に「もらっておけ」と言われ、独楽子はうなずいた。

「それならありがたく。今度お家にもお礼にうかがうわ」

華奢《きゃしゃ》な時計を手に取り、早速手首につけてみる。

以前、自分で買った腕時計を持っていたが、洋司のためにわずかな金を得ようと質屋に預けて流れた。時計をつけるのはそれ以来だ。

手首の時計をうれしく眺める。

清隆は煙草をふかしながらそれを見ていた。が、ややあって口を開く。

「言いにくいが……君の進む道は決して楽なものじゃないだろう。前にも言った通り、うちの記者はみんな保守的だ。女が外で働くことに批判的な人間も少なくない。……いや、そっちの方が多いかもしれない」

「それなら前にも聞いたわ」

「陰口や嫌がらせもあるだろう。目に余る時は注意するが――」

「必要ない。清隆さんがかばえばかばうほど状況は悪くなる。そうでしょう？」

「……たぶんな」

煙を吐きながら彼は口をへの字にする。

清隆が独楽子をかばえば、やっぱり男の庇護《ひご》がなければ何もできないのかと言われる。それは本意ではない。

「東日で初めての婦人記者になるんだもの。そのくらい覚悟しているわ。見下してくる相手には、ここまでできると示して認めさせる。それだけよ」

負けずに歩み続ければ、いつか居場所を得るはず。それまで腐らず、道を踏み外さず、進むだけ。

足の引っ張り合いの激しい女優の世界を八年も生き抜いたのだ。今度もきっと何とかなる。それに、独楽子が頑張って道を切り開けば、後ろに続いてくれる女性も現れるかもしれない。

「『明けない夜はない』ってマクベスのセリフにもあるでしょう？」

そう言うと、清隆は敷島の煙をくゆらせながら、くしゃりと笑う。

「さすが元女優だ」

その目に再び感心の光が瞬いたことに、独楽子はまたしても、とてもいい気分になったのだった。

第三話　浅草の歌姫

　東京日出新聞社《とうきょうひのでしんぶんしゃ》は、「新聞街」あるいは「インクの街」とも呼ばれる銀座《ぎんざ》四丁目の一角にある。新聞社のみならず、雑誌社、印刷所、広告会社などが集まる国内屈指の情報発信地だ。

　入口には筆文字も厳《いか》めしく『東京日出新聞』の表札が掲《かか》げられており、一階が印刷所、二階が編集部、三階は資料室となっている。

　正式に採用された独楽子《こまこ》も二階の編集部に自分の机を得た。以降、手製の洋服に身を包み、張り切って出社するも気の滅入《めい》る日々が続いている。

（覚悟はしていたものの……）

　何しろ会社で初めての婦人記者である。採用への反対も多かったとあって、ほとんど歓迎する空気がない。そのくせお茶くみや使い終わった資料の片づけ、煙草《たばこ》の灰で汚れた机の掃除《そうじ》、果てはシャツのボタン付けまで、本来なら通いの掃除婦がやる雑用まで押し付けられる。いやがらせも多く、バッグの中に吸殻《すいがら》を入れられたのも一度や二度ではない。

「お独楽、手が空《あ》いてたら煙草買ってきて」

自分の机に座って原稿を書こうとした瞬間、そう声を掛けられて相手を振り向けば、タイミングを計っていたと見える薄笑みが目に入り、独楽子の中で苛立《いらだ》ちが弾けた。

だがこちらは新人である。「はい」と返事をしてバッグを手に編集部を出る。すると背後で「五分で戻ってこいよ。女の買い物は長いから」と聞こえよがしな嫌みを言われ、ドッと笑う声がするのだ。いい気分になるはずがない。

(諸手《もろて》を上げて歓迎されるなんて期待していなかったけど……)

あれで皆、三十や四十を越えているのだ。おまけに普段は社会悪を糾弾《きゅうだん》する記事を書いているのだからちゃんちゃらおかしい。

清隆《きよたか》や西谷《にしたに》は今のところ静観している。新人、それも初の女性の仲間入りであるからして、ある程度は避けて通れないと考えているようだ。

とはいえ独楽子は、こんなことでへこたれるほど繊細《せんさい》ではなかった。劇団時代に経験した、先輩の女優による後輩いびりも似たようなものだった。

「煙草です」

五分もたたずに戻った独楽子は、用を言いつけた社員の机に煙草を置き、すぐさま自分の机に戻った。と、そこには先の丸まった鉛筆が十本、置かれている。

まさかと思った瞬間、隣から横柄《おうへい》な声が響いた。

「それ全部削《けず》っておいて」

　隣の席の東堂《とうどう》である。学生時代は剣道一筋だったとかで体格がよく、短い髪を七三に分けた顔は厳つくて迫力がある。新聞記者というより、官憲《かんけん》や兵隊のほうがよほど似合いそうな青年だ。

　そう、青年。身体《からだ》は大きくても独楽子より一、二歳年下の若者である。

　そういうわけで独楽子は、引き出しから肥後守《ひごのかみ》を取り出しながら皮肉味たっぷり言い返した。

「東堂さんって、学生時代はお母様に鉛筆を削ってもらっていたんですか？」

　と、周りで他の記者が噴き出す。東堂はバツの悪そうな顔をした。独楽子が丁寧《ていねい》に鉛筆を削り、彼の机に置くと、礼も言わずにじろりとにらんでくる。

　その後、夕方になって編集部を出たところ、廊下《ろうか》の角で「乙羽《おとわ》さん、ちょっと」と呼び止められた。振り向けば、東堂が腕組みを解いて近づいてくる。どうも待ち構えていたらしい。

　太い眉《まゆ》の目立つ厳めしい顔で見据えられ、独楽子はひやりとした。鉛筆削りの件で笑いものにしたことに腹を立てているのだろうか。

「……何ですか？」

　警戒まじりに返すと、彼は強引に独楽子の腕を取って歩き始める。

「いいから、ちょっと」

「え……⁉」

わけがわからず引っ張られ、独楽子は抵抗した。だが体格のいい相手にかなうはずもなく、あれよあれよという間に人目につかない階段裏に連れ込まれてしまう。

「東堂さん――」

何かされたら即座に大声を出そう。そう決めて呼びかける独楽子の前で、彼は強面《こわもて》に真剣な表情を浮かべて迫ってきた。

「化け込み、次、何やるんですか？」

「……へ？」

「もう決まっているんですか？」

「…………」

何かの皮肉か、嫌がらせだろうか？

そう思い、まじまじと見上げるも相手は大まじめな様子である。独楽子は警戒を解かないまま小さく首を横に振った。

「いえ、まだ決めていないんですけど……」

すると東堂はさらに距離を詰めてくる。

「じゃあ浅草《あさくさ》オペラはどうです？」

「はぁ？」

「紅歌舞団《くれないかぶだん》が新人を募集しているんです」

「紅歌舞団……」

聞いたことがある。当世の若者に大流行の浅草オペラを上演する劇団のひとつだ。人気女優を擁《よう》し、切符は連日完売の盛況ぶりだとか、何とか。

「……仮に、私がそこに化け込みできたとして、あなたに何かいいことがあるんですか？」

「そ、そういうわけじゃありませんが、ネタに困っているなら提供しようかと……」

「さっきまで私のことを受け入れていない様子でしたけど、この短い間にどんな心境の変化があったんですか？」

「なっ……」

何気ない問いに、東堂は目に見えて狼狽《ろうばい》した。

「失敬《しっけい》な！　やましい思いつきがあったような言い方はやめてもらおうか！」

大声を出して動揺《どうよう》する様子からは、何やらやましい思いつきがあったのだと伝わってくる。独楽子はくちびるに指を当てて少し考え、伏せていた目を上げる。

「……咲磨紅子《さくまべにこ》、でしたっけ？　あの劇団で人気の女優」

「咲磨紅子は落ち目だ。一番人気は宮里《みやざと》フジだろう」

間髪《かんはつ》を容《い》れずに帰ってきた返答に「え？」と訊き返す。とたん、東堂の顔がボッと火がついたように赤くなった。

「い、いや、まぁ、それはともかく……」

この期に及《おお》んでごまかそうとする相手を黙って見上げていると、彼は観念したように片手で顔を覆う。

「フジの……、宮里フジの写真がほしいんです……。劇場で売っているものではなく、私的に撮ったものが……」

「…………」

指の隙間《すきま》から見える顔は、苦渋《くじゅう》に満ちていながら頬《ほお》が赤く染まっている。独楽子は半眼《はんがん》でほほ笑んだ。

「首尾《しゅび》よく化け込みできたら、金輪際《こんりんざい》あなたの鉛筆は削らなくていいですね？」

東堂は黙ってうなずく。

「もしその宮里さんの個人的な写真を撮って渡したら、私の鉛筆を削ってくれます？」

冗談半分の交換条件にも、東堂は眉根の皺《しわ》をぎゅっと深めつつ、渋々うなずいた。

「次の化け込み先は、浅草オペラの劇団にしてみようかと思うのですが――」

独楽子は編集部に取って返し、西谷にそう申し出た。

浅草オペラとは、西洋のオペラやオペレッタを日本の大衆向けに作り変えた音楽劇である。

明治の時代に日本に伝わったオペラは、一度は帝劇《ていげき》で花開いたものの、文化として社会に定着しないまま衰退した。帝劇で活躍した歌手や演出家らは、せっかく生まれたオペラの火を絶やすまいと、それまで上流階級のものであった難解な芸術の大衆化を試みた。長い上演時間を大幅に削り、物語の山場と人気曲をつなぎ合わせて再構築し、それを芝居小屋の集まる浅草で披露したのである。結果、庶民《しょみん》の間で爆発的な人気を博すこととなった。

あまりの人気ぶりに、いまや浅草では空前のオペラ上演合戦がくり広げられていると聞く。

しかし一方で通俗的な内容や、肌も露わな衣装に身を包む女優のダンス、関係者の醜聞《しゅうぶん》などがたびたび取りざたされており、一般的には猥雑《わいざつ》なものという印象が強い。かくいう独楽子も、浅草オペラと聞いてまず思い浮かべるのは、短いスカートをはいて脚を晒《さら》した踊り子達である。

しかし東堂が言うには、紅歌舞団はまっとうな演目を提供する健全な劇団であるという。大衆化させた短縮オペラの「まっとうな」形とはこれいかに。――元々西洋文学を元にした芝居をしていた身として独楽子は興味を持った。だが西谷は難色を示した。

「たとえ劇団の姿勢がどうであれ、浅草オペラという題材そのものが東日の色に合致していない。ただでさえ入社したばかりのこの時期に、他の記者の反感を買うような真似《まね》をする必要があるのか？」

「お言葉ですが、私も含め、多くの人は一度も浅草オペラを観たことがないまま、一部の通俗雑誌による記事と写真だけをもとに偏見を持っているのではないでしょうか。だとすれば真実と異なる思い込みを正すためにも記事を載せる意義はあると思います」

「だがねぇ……」

「浅草オペラは、特に若者の間で熱狂的な支持を集める文化です。若者――つまり普段東日どころか、新聞そのものを読まない層です」

浅草オペラに関する記事を載せれば、普段新聞を読まない層が東日を手に取るかもしれない。

熱弁を耳にしても反応の鈍かった西谷は、言葉の最後の部分に心を動かされたようだ。

最終的に、まずは紅歌舞団とやらの様子を見に行き、真実まともな運営を行っているのかどうか、確かめてから考えようということで話がまとまった。

というわけで独楽子は、翌日さっそく浅草は六区にある劇場を訪ねてみることにした。

雷門《かみなりもん》の停留所で路面電車を降りると、正面に浅草寺《せんそうじ》の仁王門《におうもん》と観音堂《かんのんどう》、その手前に赤煉《あかれん》瓦《が》造りの仲見世《なかみせ》が目に入る。

　七月の、ようよう暑さが本格的になってきた頃合いとあって、夏の薄物を身につけた男女が大勢お参りに来ていた。ちなみに名にし負う雷門は現存しない。幕末に消失したきり名前が残っているのみである。

　独楽子はパラソルを開き、そこを背にして歩き出した。しばらく進むと、帝都随一《ていとずいいち》の繁華街《はんかがい》が見えてくる。

　浅草寺境内《けいだい》は、一八七三年の太政官布告《だじょうかんふこく》によって浅草公園となり、周辺部も含めて区画整理によって一区から七区に区割りされた。その際、高い建物の建築や、寄席《よせ》や見世物《みせもの》小屋などの興業が許されるのは六区に限定されたため、そこは浅草の中でも特に賑《にぎ》わう庶民の遊び場として発展することとなった。

　現在の浅草公園六区――通称浅草六区は、路上での大道芸に加えて見世物小屋、活動写真館、演芸場、芝居小屋、寄席などが集中する芸能文化の中心地である。

　広小路《ひろこうじ》のほうから入っていくと、奥にサラセン風の丸屋根を有する白亜の遊楽館《ゆうらくかん》、そのさらに向こうに、有名な赤煉瓦造りの浅草十二階《じゅうにかい》が天を衝《つ》かんとそそり立っているのが目に入った。

　普通に歩けば五分もかからないような短い通りの両脇には、公演作品や俳優の名前が書かれた色とりどりの幟《のぼり》がこれでもかと翻《ひるがえ》り、通りに面してずらりと並ぶ建物にも、ド派手な垂れ幕や巨大な絵看板が、壁面を埋め尽くす勢いでごてごてと掲《かか》げられている。

土地柄ゆえか、平日の昼だというのに浅草寺の参道よりずっと多くの人でごったがえしていた。好天の今日は路面の土が舞い上がり、ひどく埃《ほこり》っぽい。

人ごみの中をのろのろと進んだ末、独楽子はようやく目的地である凌雲館《りょううんかん》にたどり着いた。

紅歌舞団の拠点だそうで、銀座に建ち並ぶ威風堂々《いふうどうどう》とした建物群とは比べ物にならないが、このあたりでは目を引く石造りの西洋風の建物だ。

最初に公演を観てみようと思っていたが、入口には折悪く「休演」の札がかかっている。仕方なく裏口にまわって戸をたたき、「人伝《ひとづ》てに新人募集の話を聞いた」と見学の希望を伝えると、はじめは面倒くさそうにあしらわれた。しかし独楽子が、

「私、ずぶの素人《しろうと》ではありません。ここに来るまでは名作座《めいさくざ》にずっと所属していましたので」

と、胸を張って名乗りを上げたところ、相手は中に入っていった。名作座とは、クビになるまでの八年間、独楽子が所属していた劇団の名称である。

中に引っ込んだ相手は、しばらくして戻ってきて、独楽子を劇場の中に招き入れた。

足を踏み入れてすぐ、バタバタと走り回る人の足音が振動と共に伝わってくる。外観は立派だが、廊下《ろうか》、部屋、階段ともに内部はほぼすべて木造なのだ。薄暗い廊下を足早に進

みステージの脇まで来ると、人が急に増えた。稽古《けいこ》中のようだ。舞台上では俳優と女優が芝居をしつつ歌っている。

その朗々とした、あるいは高くのびる歌声に驚いているうち、舞台から男が一人出てきた。

「名作座にいたというのは君か？」

「はい。乙羽独楽子と申します。あなたは？」

「紅歌舞団の主催者兼演出家兼作家、入江知秋《いりえともあき》だ」

明るく笑った男は、三十前だろうか。知的でありながら、明朗で人の好さそうな雰囲気《ふんいき》である。

「女優はたびたび募集するんだが、集まるのは舞台を見てやってみたくなったという門外漢《もんがいかん》の子ばかりで困っていたんだ。ちがう分野とはいえ、経験者は歓迎するよ！」

親しみのこもった言葉に、独楽子はややたじろいだ。どういうわけかすっかり入団希望者として伝わっているようだ。

独楽子は小首をかしげて遠慮《えんりょ》がちに訊ねる。

「うちは両親が厳しくて、私が浅草オペラの舞台に立ちたいというのを不安がっているのですが……」

「あぁ、昨今の流行のおかげで粗製乱造《そせいらんぞう》の演目も多いから、そう思われるのも仕方がないな」

入江は気分を害する様子もなく笑って答えた。

「だがうちはオペラの良さを多くの人に届けたいという思いで興行を続けている。稽古も厳しいし、観に来る客はもっと厳しい。下手《へた》な歌を歌おうものなら靴《くつ》が舞台に投げ込まれてくる。毎日が真剣勝負だ」

冗談めかした言葉は嘘ではなさそうだ。舞台にいる俳優、女優もまじめに稽古をしている。

（もしいかがわしい内容をやるようだったら、その時に考えればいいか）

独楽子は腹をくくった。

「入団試験を受けさせてください。新劇《しんげき》もやりがいがありましたが、八年目になって、もっと新しいことに挑戦してみたいと思うようになりまして。こちらで人を募集していると耳にしたものですから、厚かましく押しかけてまいりました」

「なるほど。……ちなみにその服、もしかして手作りかい？」

彼は独楽子のたたずまいを上から下まで見やる。

藤色の花柄がお洒落《しゃれ》なメリンス仕立てのワンピースである。袖《そで》はすっきりとした七分袖。華美でも地味でもない。年相応で、ちょうどいい塩梅《あんばい》だろう。

「はい。洋裁が趣味でして」

「へぇ、ハイカラだなぁ！」

（よし、つかみは上々――）

浅草オペラは新劇と同様、基本的に西洋を舞台にした作品が多い。普段から洋装をまとう人間が好まれるのは予想していた。

「もし選んでいただきましたら、精一杯がんばります」

独楽子が力強く言うと、入江は「よし、じゃあちょっと台詞《せりふ》と歌を聞かせて」と舞台を指さす。

上で稽古中だった団員達には休憩《きゅうけい》が言い渡された。その中を舞台に向かい、独楽子は照明の当たる真ん中に立つ。それだけでひどく懐かしい気分になった。なじみのある高揚《こうよう》感に湧きたつ。

劇場は、大きな芝居小屋といった様相だった。一階は広い平土間に椅子《いす》を並べており、二階は左右に桟敷席《さじきせき》がある。

舞台から下りた入江は、他の団員達と共に椅子に座ってこちらを見上げてきた。渡された台本を手に、独楽子が呼吸を整えて客席を向いた時、入口からとびきりの美女がひとり入ってくる。

（あの人は――）

劇団の看板女優・咲磨紅子だ。シャツにロングスカートという洋装に加え、爪をきれいな紅色に塗っている。その指に銀の煙管《キセル》をはさんでおり、隅の座席に腰を下ろすや、彼女は足を組みつつ悠然《ゆうぜん》とふかした。その様が何とも絵になる。

「始めて」

入江の言葉に我に返った独楽子は、皆の視線を集める中、昔取った杵柄《きねづか》で、渡された台本の台詞を堂々と読み上げた。

客席で見ていた入江が立ち上がり、ぱちぱちと手をたたく。

「すごい、すごい！　即戦力だ。なぁ？」

だが入江の隣に座っていた黒縁眼鏡《くろぶちめがね》の男はつまらなそうに返した。

「オペラは歌だ。歌ができなきゃ即戦力とは言えないね」

「それもそうだ。じゃあ乙羽くん、何か歌ってくれ。オペラの曲はわかるか？」

「いえ、実はあんまり……」

独楽子は口ごもる。しまった。一曲くらい調べてくるのだった。

「じゃあ何が歌える？」

「『カチューシャの唄』なら……」

少し考えて答えると、客席にいた面々から苦笑がもれた。オペラとは関係のない日本の流行歌だ。

「まぁいいや。歌ってみて」

そう言われ、独楽子は張りきって歌い始める。客席で見上げていた入江の顔から笑みが消えるのに、そう時間はかからなかった。

結果として、独楽子はコーラスガールとしてかろうじて合格した。しかし肝心《かんじん》の歌が壊滅的な状態のため、しばらくみっちり稽古することが条件である。

「うちは『色気ではなく芸で魅《み》せる』を心得にやっているんだ。しっかり稽古しろ。話はそれからだ」

入団試験後、黒縁眼鏡の男が厳しく言い渡してきた。

「絶対にさぼるなよ。一回でもズル休みしたら、最初からやり直しにしてやるからな」

「はい、しっかり稽古します！」

「じゃあ今からやれ。すぐ始めるんだ」

男の名前は江藤進《えとうすすむ》。劇団付きの音楽家兼俳優であるという。彫りの深い顔は西洋人のようだが、せっかくの外見を、野暮《やぼ》ったい眼鏡が台無しにしていた。加えて愛想もなく、頭をかきながら「はーやれやれ」とこれ見よがしに言い捨てて去っていく。

ともあれ何とか化け込むのに成功し、ホッと息をついた。

（ところで歌の稽古はどこでやるのかしら？）

誰かに訊こうと、独楽子は劇場の中を歩きまわる。そのさなか、表玄関から外に向かう咲磨紅子を目にした。

ポスターで見る彼女もすんなり描かれているが、実物は絵よりさらに細い。大きな婦人帽をかぶり、高い踵《かかと》のついた婦人靴をはき、光沢のある薄物のショールを首に巻いている。いかにも女優然とした風格にため息をついていると、紅子は取り巻きに向けて吐き捨てた。

「まったく！　あんな下手くそを採ってどうするつもりなのやら」

「――――……」

人気女優の評がざっくり胸に刺さる。

「あの新人、あんたが責任もって面倒を見なさいよ、フジ」

紅子の言葉にハッとする。首をのばしてよく見ると、紅子の背後で裾《すそ》模様の銘仙《めいせん》を着た若い女性が「はい」と答えつつお辞儀《じぎ》をした。

「他はともかく、歌えないと話にならないわ」

「はい、しっかり稽古させます」

フジや、その他の取り巻きが深々とお辞儀をする中、紅子は待たせていた俥《くるま》に乗り込んで出ていく。

十秒ほどたってから、みんなが頭を上げた。

フジと呼ばれた女性は、二十歳《はたち》を幾つか越えたくらいか。すんなりとした立ち姿はもちろん、小さな丸い顔が可愛《かわい》らしい見た目だった。まつげが長く、ぱちぱちと瞬きをするたびに揺れそうなほど。

（お人形さんみたい……）

東堂が入れ込むのもよくわかる。そう思っていると、彼女はさくらんぼのようなくちびるを歪めて言った。

「やれやれ、これから稽古《けいこ》だっていうのに。またファンから高級料亭にでも誘われたのかしら？」

「フジさん」

「だってあの人、この頃は口ばっかりじゃない」

フジの言葉に、周りの女性たちは反論しなかった。

（看板女優は、あまり稽古熱心ではない様子、と）

独楽子は手帳にメモを取る。そこに別の団員がやってきた。

「フジさん、入江さんが呼んでます」

「はーい。すぐ行くわ」

軽く返し、フジはぱたぱたと歩き出す。その足音が独楽子のほうに近づいてくる。

「あら、そんなところにいたの、新人さん。あなたも稽古よ。いらっしゃい」

声をかけられた独楽子は、手帳を隠して姿勢を正した。

「はい！」

「それにしても、よく恥ずかしげもなく皆にあんな歌を聴かせられたわね？」

続けて発せられた言葉に、独楽子はこっそり手帳をしまいつつ心の中でメモを取る。

（宮里フジはけっこうきつい性格、と）

東堂に報告したならどういう反応が得られるのか。想像して笑みがこぼれる。

それはそれとして今回も、なかなか一筋縄《ひとすじなわ》ではいかない化け込みになりそうな予感がした。


会社に戻った独楽子は早速西谷に報告した。

紅歌舞団は信念ある主催者のもと、実力を備えた人員で質にこだわった作品を作っており、お色気に走った猥雑《わいざつ》な見世物《みせもの》ではない旨《むね》を説明し、何とか企画の承認を得る。

そうして始まった劇団での見習い生活は、初日から嵐のようだった。何しろ稽古の時間以外は明けても暮れても団員の世話や公演の準備に追われる。

そもそも正式な団員の生活も目が回るほど忙しい。稽古をしながら毎日昼夜に公演を三、四回。入場料が安いため、そうでもしないと採算が取れないのだという。とても人間の生活とは思えない。それでもフジは笑っていた。

「今はまだましなほうよ。新作公演の時は、公演の後に泊まり込みで夜通し稽古して修正するなんてこともざらだから」

彼女は生まれも育ちも浅草だという。おきゃんで勝気な、いかにも江戸《えど》っ子だった。未経験で入団しながら、地道にこつこつと稽古を重ねて実力を磨《みが》いた努力家でもある。苦労をしたせいか、入団したばかりの独楽子に対しても少しも偉ぶることがない。

紅子の指示通り、フジは独楽子の指導役になった。といっても歌の初歩から学ばなければならない独楽子は、他の団員とは別の場所で、ピアノが弾ける団員の演奏に合わせてひたすら発声をくり返すばかり。

（つらい……！）

歌を歌えるならまだしも、単調なメロディのくり返しを延々続けるだけの発声練習に、三日もしないうちに飽《あ》きてきた。

（女優としてでなくて、小間使《こまづか》いか何かで化け込めばよかった……！）

そう後悔《こうかい》しても後の祭りである。しかしここを突破しなければ劇場に行けないと、ぐっとこらえて稽古を続ける。

ちなみに歌や芝居の稽古が終わっていない見習いは、独楽子の他にも数名いた。

紅歌舞団は俳優でない者も含めて五十名以上の団員を擁《よう》しており、劇団としては大所帯だが、公演をまわしていくにはギリギリの人数であるため、見習いも稽古以外の時間は雑用に駆り出される。劇団員のための掃除《そうじ》や洗濯《せんたく》、炊事《すいじ》はもちろん、楽屋から裏方の手伝いまで言われれば何でもやる。

そうしてコマネズミのように働くうち、少しずつ劇団内の人間関係が見えてきた。

劇団の最終決定権を持つのは主催者の入江知秋。大学教授の息子で、学生時代から西洋の文学や音楽に傾倒してきたインテリである。

江藤進は入江の古い友人で、官立の音楽家養成機関である東京音楽学校の卒業生。入江とはほぼ対等に物を言う。

看板女優の咲磨紅子は伊豆《いず》にある温泉宿の娘。子供の頃から歌が好きで、宿で歌って小金を稼《かせ》いでいたところ、静養に来た音楽関係者の目に留まり、そのまま上京して西洋人歌手に師事することになったという、派手な経歴の持ち主である。帝劇の舞台にも立ったことがあるとかで、劇団の中でも特別な存在だった。入江すら彼女には強く物が言えない様子だ。

入江と江藤、紅子は共に三十近い。紅歌舞団はその三人が中心となって活動している。

ちなみに若くて可愛いフジは、ファンから凌雲館小町《こまち》の愛称を進呈されるなど、このところ人気急上昇中。女優の中では紅子に次ぐ人気だった。どうやら紅子はそれがおもしろくないようだ。

ほどなく独楽子は、そう思われる場面を目撃することとなった。

独楽子が舞台の袖《そで》で衣装に飾りを縫《ぬ》い付けていたある時、舞台のほうから紅子の怒声が聞こえてきたのだ。

「ちょっと！　どうしてあんたがそんなに前に出るのよ。ここはアタシが前に出るシーンでしょう⁉」

独楽子は、袖から首をのばして舞台をのぞく。

そこでは稽古の最中だった。紅子とフジが二人で歌う場面である。紅子は手を振って犬のようにフジを追い払った。赤く塗られた爪がちらちら舞う。

フジはすぐに謝って紅子の後ろに下がったものの、江藤がしかめっ面《つら》で指摘した。

「いや、宮里君は間違ってない。君が出てくるのが遅れたんだ」

「なによ、あんたアタシに意見するってわけ？」

「段取りが違えば注意するのは当然だろう」

「ちょっと遅れただけじゃない。細かいこと言うんじゃないわよ」

「細かかろうが大きかろうが、段取りは段取りだ！」

口論を始めた二人の間に入江が割って入る。

「まぁまぁ、江藤。落ち着け。――よし、みんなもう一回やってみよう！」

それで稽古は再開したが、独楽子は他の団員たちのひそひそ話を耳ざとくとらえた。

「紅子さん、最近稽古に来ないから……」

どうやらそれが揉《も》め事の原因のようだ。ささやきには紅子への批判がにじんでいる。すっかり手が止まっている独楽子に気づき、裏方の人間が「こら、よそ見しない！」と叱《しか》ってきた。

その日の夜公演では、独楽子が木戸口に詰めて入場券を受け取る役目についた。

すると途中で見知った姿が目に入る。

「東堂さん」

名前を呼ぶと、彼は独楽子に軽く目礼し、他の客に押されるようにして中に入っていった。

東堂は仕事終わりによく公演を観に来る。いつも硬派な強面《こわもて》が、舞台上にいるフジを見る時だけちょっとふやけるのがおもしろい。

東堂を見送った直後、客の中でひときわ目立つ集団がやってきた。ペラゴロと呼ばれる熱狂的な若いオペラファンである。彼らは徒党を組んでやってきては二階の桟敷席《さじきせき》に陣取り、ひいきにする女優の登場時、また見せ場などで、歌舞伎《かぶき》の大向《おおむ》こうのように名前を大声で呼ぶ。

もちろんペラゴリーナ――女性のファンも忘れてはならない。独楽子は入場券を受け取る中で、思いもよらない相手の顔を見かけた。

「冨美《ふみ》ちゃん！」

独楽子の幼馴染《おさななじみ》にして、上野《うえの》にある芝居小屋の女主人、冨美である。

「独楽ちゃん、なんでこんなところに？」

目を丸くする彼女に「そっちこそ」と返すと、彼女は帯にはさんでいた扇子《せんす》を引っ張り出した。

「私はもちろん、江藤様を観に来たのよ！」

開かれた扇子には筆文字で「江藤進」と書かれている。それで仰《あお》ぎながら、彼女は弾む足取りで客席へ入っていく。そんな旧友の背中を驚きを込めて見つめた。

（江藤様……？）

よくわからないが、それぞれが、それぞれのやり方で楽しむのが浅草オペラの流儀《りゅうぎ》なのだろう。

入場がほぼ終わり、公演開始が近づくと、独楽子は客席に向かった。一階の一番後ろから立ったまま舞台を観る。

いつものことだが今日も満員御礼だった。客席は人でぎっしり埋まっている。

浅草オペラは頻繁《ひんぱん》に出し物が変わるのが特徴だ。紅歌舞団が今行っている演目は『連隊の娘』。何でも西欧で有名なオペラ——の抄訳《しょうやく》だった。

教養のあるオペラ愛好家は、山場をつないだだけの浅草オペラを粗悪な紛《まが》い物《もの》と非難するが、そのわかりやすさ、親しみやすさこそが人気の理由でもある。

舞台の後ろには西洋風の背景の絵幕がかかっていた。登場する役者たちは、金髪ないし茶色い髪の鬘《かつら》をかぶり、西洋風の装束《しょうぞく》を身に着けている。そんな光景は、写真の中でしか西欧を見たことのない庶民《しょみん》に、目の前に異国が広がるような幻想を抱かせるのだろう。

孤児の少女マリーに扮《ふん》する咲磨紅子が出てくるたび、上手側の桟敷席から「紅さーん！」「紅子ー！」とペラゴロの掛け声が飛び、名前を書いた団扇《うちわ》や小旗が盛んに振られた。

侯爵夫人役の宮里フジが出てくると、下手側の桟敷席から「フジちゃーん！」と声が上がる。東堂のような個人のペラゴロからもしきりに声援が送られる。

もちろんペラゴリーナも負けてはいない。舞台に江藤が姿を見せたとたん、「江藤様ー！」と黄色い歓声が沸き起こる。眼鏡《めがね》を外し、舞台化粧《げしょう》をした江藤は、確かに王子様に見えなくもなかった。何より音楽学校を卒業しているだけあって歌がダントツにうまい。

紅子もさすがの歌唱力で、情感を込めてマリーの恋心を歌い上げる。またコミカルなシーンでは軽妙にふざけて客を沸かせる。

若手のフジは透きとおった歌声で、マリーの幸せを願う侯爵夫人の親心を熱唱する。

恋を追い求める少女と、子の幸せを思う親の迷い。誰にでも共感できる物語、そして役者たちの熱のこもった歌に、観客は次第に引き込まれ、マリーが想い人と結ばれる終幕で拍手喝《かっ》さいに包まれる。

せまい劇場は今夜も大変な盛り上がりだった。

終演後に客を送り出すと、独楽子たち見習いはすぐさま座席を片付け、平土間や桟敷の掃除にかかる。

三十分ほどで後片付けを終え、客席から出た独楽子に、頭上から「独楽ちゃん、ちょっと」と声がかかった。見れば、二階にある楽屋から半身を出したフジが、階段の上でちょいちょいと手招きをしている。

「はーい」

急いで駆けつけたところ、彼女は意味ありげな笑顔を浮かべて迎えた。

「あなたも隅に置けない人ね」

「え？」

「私のファンに、ちょっといいなって思っていた人がいるんだけど、どうやらあなたのいい人だったみたい」

「は？」

心当たりがない。畳《たたみ》敷きの室内で正座をしかけたまま、ぽかんとしている独楽子に、フジは歌舞伎柄の座布団を勧めてきた。

「東堂さんっておっしゃる方」

あぁ、とうなずきかけて、独楽子はあわてて首を横に振った。

「ちがいます、彼はそんなんじゃ……っ」

「彼もそう言っていたけど……。でもそれならどうしてこんなメモを私に預けるの？」

「メモ？」

フジは折りたたまれたメモを渡してくる。そこには「瓢箪池《ひょうたんいけ》にて待つ」とあった。今から来いということか。

「あなたが仕事中で会えないから、後で渡してほしいって頼まれたのよ」

「あらぁ……」

と曖昧《あいまい》な相槌《あいづち》を打ちながら、心の中で罵声《ばせい》を上げた。

（東堂さんの剣道バカ！　無神経！　何やってんの……！）

どこの世界に準主役の女優に新人への伝言を託すファンがいるのか。

だが彼のためにも、あらぬ誤解は解いておかなければならない。謎の使命感に衝《つ》き動かされ、独楽子は笑顔できっぱりと返した。

「親戚《しんせき》なんです」

「親戚……？」

「ええ、昔からの腐れ縁というか、知り合いで。なんだか勝手に私の保護者みたいな顔をしていて……」

頭の中を別の顔がよぎる。しかし首を振って追いやった。

ともあれ、フジは「あら、いいじゃない」とほほ笑む。

「あの方、お客さんの中でも目立つのよね。身体《からだ》が大きくて、いつもカチッと背広を着ていらして、お顔は怖いくらいきまじめで。なのに終演後には決まってお花を持ってきてくださるの」

（へぇ……、お花をねぇ……）

独楽子に鉛筆を削《けず》れと言ってきた横柄《おうへい》な同僚と同じ人物とは思えない。

白けた思いでいると、彼女は用がすんだとばかり鏡台に向かい、背中で言った。

「また観にきてちょうだいって伝えておいて」

「はい、確かに」

「あと悪いけど十分後に俥《くるま》を呼んでおいてくれる？」

「はい——」

公演の後だというのに、どこかに出かけるのだろうか。感心していると、彼女は鏡越しに目を合わせてきた。束髪《そくはつ》を蒔絵《まきえ》の櫛《くし》で飾りながら可愛《かわい》くほほ笑む。

「入江さんが美味《おい》しいものをご馳走《ちそう》してくださるって。みんなには内緒ね」

（おっと……⁉）

主催者と人気女優の秘密の関係をばっちり心の中の手帳にメモしながら、表面上は静かに「はい」と頭を下げてから立ち上がる。その時、外から人の言い合う声が聞こえてきた。

「だめです！　いけません、紅子さん！」

「なんでよ、手を離しなさい！」

楽屋を出て、木製の手すりから階下をのぞくと、紅子が若い女優と揉《も》めている。紅子が持つ洋酒の瓶《びん》と思《おぼ》しきものに、相手がしがみついているようだ。

「紅子さんにお酒を飲ませちゃだめだって、入江さんが……！」

「何を飲もうとアタシの勝手でしょう⁉　いいから離して」

「離しちゃだめよ！」

独楽子の傍《かたわ》らから、まっすぐな声が飛んだ。フジである。

「紅子さん、それはお客さんから入江さんと江藤さんにって届いたお酒でしょう？」

「放っておいてよ。出しゃばるのは舞台だけにして！」

「入江さんはあなたを気遣っているんですよ。芸で悩んでいるからって、お酒に逃げちゃ身体に毒だって」

「ずいぶんわかったように言うじゃない。あの人にちょっと期待されてるからって、調子に乗るんじゃないわよ」

荒《すさ》んだ物言いさえも、どこか陰のある紅子の美貌《びぼう》には似合っていた。きつい眼差《まなざ》しには傷ついた高い矜持《きょうじ》がにじみ、こんな状況だというのに独楽子は彼女に見とれてしまう。

フジが毅然《きぜん》と言い諭《さと》す。

「ちゃんと稽古《けいこ》に出てください、紅子さん。入江さんもそう望んでいます」

「あんたに何がわかるのよ！」

かんしゃくを起こした紅子は、手にしていたクラッチバッグを投げた。しかしフジまで届かず、階段の途中に落ちる。紅子は「もういいわ！」と言い置き、洋酒の瓶から手を離して去った。

フジは慌てて階段を駆け下りていく。

「紅子さん！」

しかし紅子は力まかせにドアを閉めた。大きな音が木造の建物中に響き渡る。

階段の途中で足を止めたフジは、重いため息をついた。階段の上にいる独楽子に気づくと、難しい面持《おもも》ちでつぶやく。

「前はあんな人じゃなかったのよ。何も知らないで入ったド新人の私にも優しくて、とにかくオペラが好きという人だったんだけど……」

仕事を終えて凌雲館を後にした独楽子は、東堂のメモに従い、四区にある瓢箪池に向かった。

夜の六区は、建ち並ぶ建物の軒先《のきさき》に吊るされた提灯《ちょうちん》で明々と照らされている。とはいえ人が集まる土地柄、治安はあまりよろしくない。独楽子は酔漢《すいかん》や掏摸《すり》に気をつけて足早に歩いた。四区と六区が隣接しているため、凌雲館から目的地までは五分もかからない。

混雑した通りを進んでいくと、ふいに視界が開けて瓢箪池が見えてきた。池の周囲には露店や屋台が並んでおり、やはり多くの提灯で照らされている。まるで祭りの夜店のようだ。

東堂は池の畔《ほとり》のベンチに座って待っていた。独楽子を目にして立ち上がる。

「乙羽さん。調子はどうですか？」

「見習いなのでほぼ雑用係です。宮里さんとはまだ写真を撮るほど親しくなくて……」

「そうですか……」

彼は目に見えてがっかりと肩を落とした。しかし気を取り直したように顔を上げる。

「ところで乙羽さんから見てフジはどうです？」

「どうって……。いい人だと思います。稽古熱心で、歌もうまいし、私みたいな新人にも感じよく接してくださって……」

「やはりそうでしたか。あの人は裏表のない人だと思っていました」

東堂は悦《えつ》に入《い》ってうんうんとうなずいた。もしやそれを探らせるのも、独楽子に化け込みを提案した理由だったのだろうか。

彼は自信たっぷりに言い切る。

「フジは歌も劇団の中で一番です」

独楽子は小首をかしげた。

「一番は言いすぎですね。今は紅子さんのほうが上手《うま》いので。ただ、今日の配役にはちょっと違和感がありましたが」

どう考えても、初々《ういうい》しさと元気さが取り柄のフジを孤児の少女にして、実力と大人の色気を兼ね備えた紅子を侯爵夫人にするのが妥当《だとう》だ。

東堂がおもしろくなさそうに同意する。

「紅歌舞団の興行は咲磨紅子の人気でもっているところもあるので、あの劇団の公演では、主役は常に咲磨紅子なんです」

「そうなんですか」

その時、瓢箪池の対岸から歌が聞こえてきた。大勢で合唱しているようだ。東堂が、過去に紅子が歌っていた人気曲だと説明してきた。

「あのあたりは紅子派のたまり場なんです」

「フジ派は？」

「新興勢力なので、淡島堂《あわしまどう》のほうに追いやられていて」

「遠いですね」

「ですがそれもそのうち変わります。今にフジの人気が彼女を上回るでしょう」

力強い言葉に、独楽子は「はぁ」と適当に相槌を打った。

ちなみに彼は性格的に皆でわいわいやるのが苦手なため、ペラゴロの集団には入っていないそうだ。

「一人で応援するのが性《しょう》に合っているんです」

どうでもいいことをくどくど話す相手に、独楽子はついにしびれを切らした。

「ところで用事は何です？」

そろそろ呼び出した理由を聞きたい。そう告げると東堂は不思議そうに返してきた。

「用は、フジについて訊くことです」

「あぁそう……」

そのために、見習いとして一日中稽古に追われた上にこき使われて疲弊《ひへい》しきっている独楽子を呼び出し、帰宅時間を遅らせたのか。

疲労を募《つの》らせ、独楽子は露骨にぶっきらぼうな声をもらす。

「じゃあもういいですか」

「そうですね」

「これだけ協力しているんですから、今後編集部で私が困っている時は手を貸してくださいね」

冗談まじりに言うと、あろうことか東堂はきまじめに首を振った。

「いえ、それとこれとは別です」

「は？」

「そもそも自分は、女が男と同じように責任をもって仕事に当たれるかどうか懐疑的です。いわんや国民の啓蒙《けいもう》という使命を持つ新聞記者を女がやるなんて」

「………」

開いた口が塞《ふさ》がらない。さらに加えて東堂は真顔で言い放つ。

「だいたい女が働いたら誰が家事をやるんです？」

「……じゃあ東堂さんは、フジさんが明日誰かと恋に落ちて結婚して、旦那《だんな》が家事をやれというので引退しますと言ったら納得するんですか？」

「――――……」

返事はない。どうやら言葉に詰まったようだ。独楽子は深く息をついた。

「じゃあ私はこれで……」

ドッと疲れた気分で踵《きびす》を返し、一人で歩き出す。

東堂に比べれば、清隆はずいぶん理解と配慮《はいりょ》がある人だったんだなと、今さらながら理解した。

大きな動きがあったのは、次の日のことだった。

入江が新作の発表をしたのだ。タイトルは『フィガロの結婚』。モーツァルトなる音楽家のオペラ作品であるという。

劇団員を一階の平土間に集めた入江は、江藤と共に舞台に立って説明した。

「『フィガロの結婚』は、西欧では知らない者がいない傑作《けっさく》だ。簡単に言うと、権力者から恋人を守ろうと庶民《しょみん》が奮闘する話。上流階級の放蕩《ほうとう》、それを懲《こ》らしめるドタバタな作戦、真実の愛の勝利、そして大団円《だいだんえん》！　実に大衆向けだ。大入りまちがいない！」

力のこもった言葉に皆から拍手が上がる。

江藤からすかさず注文が飛んだ。

「『もう飛ぶまいぞこの蝶々』と『戀《こい》の悩《なや》み知る君は』だけは腰を据えて歌詞を書けよ。聞かせどころだから」

「俺はいつも本気さ」

入江が心外そうに返す。

オペラ作品のメロディーはそのまま、歌詞だけ日本語に変えるのも浅草オペラの特徴である。

入江は持っていた用紙を頭上に掲げた。

「それじゃあ配役を発表する。――主人公のフィガロ、江藤！」

入江の横にいた江藤が、みんなに向けて手を上げた。拍手が起きる。入江は続けた。

「フィガロの恋人・スザンナ、宮里フジ！」

団員がざわりとした。しかし入江は意に介さずフジを見る。

「宮里君、立って」

「はい」

前もって打診があったのだろう。フジは動揺《どうよう》を見せずに立ち上がり、皆に頭を下げる。

思い出したような拍手が起きた。その中で紅子が立ち上がる。

「どうしてよ⁉　なんでヒロインがあの子なの⁉」

入江が用紙から顔を上げた。

「スザンナは庶民の娘だ。宮里君がふさわしい。君には伯爵夫人をやってもらう」

「適当なこと言わないで！」

「この作品のヒロインはスザンナだけじゃない。伯爵夫人も重要な役どころ――」

「じゃあなんでアタシの名前を先に呼ばないのよ！」

わめく紅子に向け、それまで黙っていた江藤が口を開く。

「咲磨君、座るんだ。他の役の発表ができない」

「――――……！」

紅子は怒りに震えて入江をにらみつけた。だが入江はそれをまっすぐに受け止める。すると彼女はそのまま踵を返して客席から去っていった。

入江はその背中を見て小さく首を振る。そしてふたたび用紙に目を戻す。

「次！　アルマヴィーヴァ伯爵、斉藤《さいとう》！」

「はい！」

年かさの俳優が立って皆にお辞儀《じぎ》をした。皆が拍手を送る。

団員たちの中にまだ戸惑いが残る中、入江は残りの配役を次々に発表していく。結局その日、紅子は劇場に戻ってこなかった。


さすがの独楽子も、見習いの仕事中は着古した紺絣《こんがすり》の着物である。

配役が発表された後、独楽子は他の見習いと共に洗濯場《せんたくば》に向かった。俳優・女優の稽古《けいこ》着《ぎ》を洗うのは見習いの仕事なのだ。

暑い毎日である。井戸の水の冷たさは手に心地よく、洗濯は仕事の中ではましなほうだった。前掛けをつけ、袖《そで》をたすき掛けで押さえた見習いたちは、洗濯板でこする係、石鹸《せっけん》を流し落とす係、しぼる係、干す係と手分けして協力し、山のようにある洗濯ものを手際《てぎわ》よくさばいていく。

そうしながら興奮気味におしゃべりに興じていた。

「びっくりしたわね！　紅子さんじゃなくて、フジさんがヒロインなんて」

「本当に。入江さん、急にどうしたのかしら？」

適当に相槌《あいづち》を打ちながらよくよく聞いていると、どうもこの紅歌舞団は、入江が紅子に惚《ほ》れ込んで起《た》ち上げたものであるらしい。惚れ込んだというのは、もちろん彼女のオペラ歌手としての才能にという意味だが、文字通りの意味もあるそうで、入江と紅子の仲は劇団内では公然の秘密だという。

「他の劇団の幕間《まくあい》で歌っていた紅子さんを入江さんが見初《みそ》めて、何日も楽屋に押しかけて口説《くど》き落としたんでしょう？　紅子さんから何度も聞いた」

「『あんまりしつこいんで、うんって言うほかなかったのよ』って」

誰かが紅子の気取った口調を真似《まね》て言う。

「そうそう。私も聞いた」

「私も」

くすくす笑う口調に、いやな感じはない。あんな振る舞いをしていても、紅子は団員たちに慕《した》われているのだと伝わってくる。

「そういえば入江さんが初めて見たとき、紅子さんが歌っていたのが『戀の惱み知る君は』じゃなかった？　『フィガロの結婚』の」

　誰かの言葉に周りが同意する。しかし独楽子の「それってどんな歌？」という問いには、誰も答えられなかった。

「さぁ。聴いたことがないのよ」

「でも綺麗《きれい》な歌なんでしょうね。入江さんが恋に落ちるほどだし」

　金盥《かなだらい》の前にしゃがみ込み、ごわごわとした稽古着を洗濯板にこすりつけていたひとりが、ぽつりとつぶやく。

「あの二人、本当に仲が良かったのに……」

　その時、さざめくようなおしゃべりがふと止まった。しんみりした空気を感じ、独楽子は小首をかしげる。

「今は良くないんですか？」

　率直《そっちょく》な問いに、皆が視線を見かわした。ちょっと沈黙が流れた後で、ひとりが口を開く。

「最近、どうも様子がおかしいのよ」

「というと……？」

「前は見ているこっちがのぼせちゃうくらい仲が良かったのに、最近はどうもよそよそしくて……ねぇ？」

意見を求める者に、周りもうなずいた。

「そうそう、時々口論もしているし」

「それにフジさんとの、……ね？」

意味ありげな視線がどういう意味か、独楽子はぴんときた。しかし「え、まさか……っ」とわざとらしく驚いてみせる。すると皆がいっせいにうなずいた。

「最近、フジさんが入江さんのこと追いかけまわしてて。入江さんもまんざらでもない様子なのよ」

「まぁそれは……」

昨夜もいっしょに食事をしていたものね、と心の中で付け加える。

「紅子さん、たぶん気がついているわよね？」

「そりゃそうよ。以前は誰よりも熱心に稽古していたのに、今は休みがちだし。食べていないし、寝てもいないみたいで、すっかり瘦《や》せちゃって」

「それにいつも怒ってばかり」

「紅子さんは最初、フジさんに目をかけていたから、余計に裏切られた気分なんじゃない？」

「フジさんが悪いわけじゃないでしょう？　心変わりした入江さんが良くないのよ」

見習い達は次第に紅子派とフジ派にわかれ、かしましく言い合いを始める。

しかし、その時。

「でも……あの紅子さんとフジさんの性格を比べると、入江さんの気持ちもわからないでもないわ」

小声でつぶやかれた誰かの意見に、しばしの沈黙の後、みんなは再びいっせいにうなずいた。


しかしフジにはフジの言い分があるようだ。

「失礼しちゃう！　いい加減なこと言わないで！」

リハーサルの際、袖に引っ込んだところで裏方がささやいていた噂話《うわさばなし》を聞きつけたフジは、火がついたように怒った。

「寝取ったりなんかしてないわ！　入江さんは私の努力と実力を評価してくださったのよ。今日だって――ほら！」

声を張り上げ、彼女はリハーサル中の舞台を手で指し示す。

「紅子さんはいないじゃない！　今日だけじゃないわ。最近ろくに稽古に来ないせいで芸も乱れてきているのは、みんなも感じているでしょう⁉　公演をより良いものするために、入江さんが私に期待するのは当然じゃない！」

団員に対し、フジが胸を張ってそう言えば、それは当然、紅子の耳にも入る。

「よく言うわ、あの恩知らず！」

公演前の楽屋で、鏡台の前に座り入念に化粧《けしょう》をしながら、紅子は背後にいる共演者にはっきり聞こえるよう怒りをぶちまけた。

「右も左もわからない頃から面倒を見てあげたのに、最近は増長してやりたい放題。知秋さんと二人で会ってるくせに、とぼけるなんて白々しいにもほどがあるってのよ！　尻軽だと知っていたら入団なんかさせなかったのに！」

たまたまフジが居合わせていなかったからよかったものの、もしいたらこの時点でつかみ合いが発生していたのはまちがいない。入江は、紅子とフジのどちらにもいい顔をしているようで、まったく頼りにならなかった。看板女優二人の対立に、劇団内の空気は日に日に張り詰めていく。

騒動は劇団内にとどまらず、外部へも波及した。事態がペラゴロに伝わったのである。

紅子派とフジ派とが非難合戦をしていると東堂から聞いた独楽子は、ぜひ取材をしたいと、夜公演の終演後、東堂に頼んで浅草公園内にあるペラゴロのたまり場を案内してもらった。

まずは凌雲館からほど近い瓢箪池の畔《ほとり》に陣取る紅子派である。離れた場所から様子をうかがったところ、学生服の若者がアジ演説さながら「フジは紅子にさんざん世話になっておきながら、人気女優になったとたんに恩を忘れ、入江をたらしこんで紅子を劇団から追い出しにかかっている！」と言い放ち、それに対して「そうだそうだ！」「恩知らず！」「許すな！」などと合いの手が上がっている。

そこから離れ、フジ派のたまり場である淡島堂に向かえば、和服にマント、学帽、高下駄《たかげた》のバンカラな若者達が「紅子は才能のあるフジを、世話すると見せかけていじめてきた！」「入江がそれに気づいて紅子を見限ったんだ！」「なのに紅子は現実を受け入れられずフジのせいにしている！」と口々に騒いでいる。

独楽子は東堂を振り仰《あお》いで首を振った。

「どちらも正確ではありません。フジさんは紅子さんを追い出そうとなんかしていないし、紅子さんがフジさんをいじめてきた事実もない。私が見る限り、フジさんは紅子さんを嫌ってなんかいません。どちらかというと、稽古の手を抜くようになった彼女に苛立《いらだ》っている様子です」

彼は意外そうな反応を見せる。

「稽古の手を抜く？　咲磨紅子がですか？」

「あくまで噂ですが、交際していた入江さんとうまくいかなくなったからだって……」

「――――……」

フジの置かれている状況が気になるのか。東堂は腕を組み、真剣に考えこむ。

「つまり入江と紅子がよりを戻せば解決するということですか？」

「さぁ、どうでしょう……」

独楽子は目線を泳がせた。言えない。その入江とフジが交際している噂があるなど、彼の耳に入れることはできない。

そもそも一連のことが男女の問題に端を発しているのであれば、剣道一筋で生きてきた人が考えるほど事態が単純に解決するとも思えない。

この先事態がどう転ぶかはまだ未知数だ。だが後で記事を書くと考えると、独楽子にはもうひとつ、どうしても探っておきたいことがある。

銀の腕時計をちらりと見て、独楽子はちょうどいい時間だと考えた。

「東堂さん。――入江さんの行きつけの店なんてご存じですか？」

入江の行きつけの店は幾つかあるようだが、公演の後で一息つく時にはもっぱら六区と三区の境界――伝法院《でんぼういん》の西の塀《へい》の前にずらりと並ぶ串カツ屋台で、気心の知れた相手と軽く一杯、が多いらしい。

東堂と共にそこにやってきた独楽子は、入江が入っている屋台の隣の暖簾《のれん》をくぐる。後から入ってきた東堂が二人分の串カツと酒を注文した。

その間、独楽子は早速暖簾越しに聞き耳を立てる。何しろ暖簾を隔《へだ》てて隣である。会話はほぼ筒抜《つつぬ》けだ。

入江は、今日は江藤と二人で来ているようだ。今日の公演について意見を出し合っている。

「で、何を探るつもりですか?」

体格に見合って声も大きい東堂に向け、独楽子は「しっ」口元に人差し指をあてた。そして小声で答える。

「入江さんの考えを知りたいんです。紅子さんとフジさんを本心ではどう思っているのか、今後どうしていくつもりなのか」

当然だが記事を書くにあたり、なるべく多角的な情報があったほうがおもしろく、また正確になる。それは東堂も理解しているだろう。二人して、目の前で揚《かか》げられている串カツをよそに隣の様子をうかがう。

しかし入江も江藤も、なかなか紅子やフジの話をしなかった。公演の振り返りの後は、劇団の金策について話すばかりである。

言うまでなく西洋の風俗を真似《まね》るオペラは、衣装や小道具に金がかかる。五十人以上の団員の給金や、劇場との契約金なども考えれば、経費は相当なものだろう。そしていくら紅歌舞団が人気だといっても、凌雲館の入場料は二十銭と安い。他に俳優・女優の写真などを売って小金を稼《かせ》いでいるとはいえ、運営は厳しいようだ。

もちろん劇団には出資者がついている。一番大口の出資者は、浜野《はまの》なる染料成金《なりきん》だという。だが最近、浜野が出資を渋り出したと入江はぼやいた。

「浜野は元々紅子目当てに金を出していたからな。最近、何を勘違いしたのか紅子に対して妙な色気を出してくる。世話をしたいとか何とか……」

言うまでもなく、世話をしたいというのは妾《めかけ》として囲いたいという意味である。江藤が不快そうに鼻を鳴らした。

「馬鹿なやつだ」

「あぁ。女優を売るような真似はできないと答えたら、いつまで出資を続けられるかわからないと言い出した。だから今のうちになるべく貯めておきたいんだ。いつ何が起きてもいいように」

憤然《ふんぜん》と言った入江に、江藤が唐突《とうとつ》に返す。

「おまえ、紅子とどうなっているんだ？」

（来た来た来た……！）

ねらっていた話題になり、独楽子はいっそう耳をそばだてた。

「別にどうもなっていない」

「嘘をつけ。最近明らかにおかしいだろう」

江藤の決めつけに入江が反発する。

「俺と紅子のことは劇団の運営に関係ない」

「大いにあるね。彼女が劇団の金に手を付け始めたのは、おまえとうまくいかなくなってからだ」

（え……!?）

思いもよらぬ発言が飛び出し、息を詰める。入江は静かに反論した。

「彼女が盗んだと決まったわけじゃない」

（ええっ……!?）

独楽子は東堂と目を合わせる。つまり劇団の資金が盗まれていて、紅子が犯人である可能性が高いということか。

江藤は苛立《いらだ》たしげに「まだそんなこと言ってるのか！」と吐き捨てた。

「誰かが金を盗んでいることは以前から明らかだった。そして先週、おまえしか鍵《かぎ》を持っていないはずの事務室に、彼女の髪飾りの部品が落ちていた。――これ以上の証拠があるか？」

「……俺は、稽古《けいこ》中は稽古に集中するし、他の時だって隙《すき》がないわけじゃない。俺から鍵を盗み出すことは、彼女以外にもやろうと思えばできる」

「だがこの一ヶ月、怪しい動きをする人間はいなかった。……たびたび稽古を休む紅子以外は」

「…………」

入江の返答はない。江藤が追い打ちをかけた。

「鍵に紐を通して首に下げておけって言っただろう？」

「あぁ」

「どうして手を打たないんだ？」

「――……」

入江は再び黙り込む。独楽子は息を詰めて続きを待つ。

その時、独楽子たちのいる屋台の主人が、揚げたての串カツを皿に盛って出してきた。ひと口大に切った牛肉を串に刺し、パン粉をつけて揚げたものだ。それをソース壺《つぼ》に入れて味をつけて食べる。ソースは二度漬けしないのが決まりである。

すぐになくならないよう、独楽子はちびちびと肉をかじった。東堂は一串を二口で完食した後、焼酎《しょうちゅう》をちびちびやっている。

屋台の主人は、端に寄って暖簾に張り付いている客を胡乱《うろん》げな眼差《まなざ》しで見やってきた。

しかし独楽子達はそれどころではない。

（えらいことになった……！）

まさか劇団の中で盗難が起きていたとは。しかし江藤の言う通りだ。もし紅子が劇団の資金を盗んでいる様子であるなら、なぜ入江は彼女に問いただすなり何なりしないのか。解せない。

しばらくして江藤が申し出る。

「……俺が話そうか？」

入江は間髪《かんはつ》容《い》れずに「いや」と答えた。

「この公演が楽《らく》を迎えたら、俺が――」

そう言いながらも、彼はなおも悩む様子である。

（彼女がそうする理由に心当たりでもあるの……？）

独楽子の胸をそんな考えがよぎった時、入江と江藤のいる屋台に向けて、パタパタと急ぎ足で近づいてくる足音がした。そして思いがけない声が響く。

「入江さん！」

（フジさん……⁉）

独楽子の傍《かたわ》らで、東堂がカッと目を瞠《みは》る。暖簾をめくろうとした彼の手を、独楽子は慌てて押さえた。振り仰ぎ、無言で首を振ると、彼は我に返ったていで手を引く。

暖簾の向こうでは入江が軽く応じていた。

「フジ、どうした？」

「入江さんにどうしても言わなきゃと思って。私、ついさっき見たんです。紅子さんが、浜野さんといっしょに待合《まちあい》に入っていくところ」

　そしてフジは、男女の密会に使われるにしても、このあたりでは比較的格式の高い店の名前を口にする。

　入江が激高して返した。

「何を言う！　君はそうまでして紅子を――」

「嘘じゃありません！」

　二人の大きな声に、独楽子と東堂はまたまた目線を見かわす。

（とんでもない場面に居合わせてしまった……！）

　緊迫した空気の中、江藤までもがおずおずと口を開いた。

「……入江。実は俺も――」

　ひどく言いにくそうに彼は声を絞《しぼ》り出す。

「二週間前、舞台がはねた後、浜野と紅子がタクシーに乗ってどこかに行くのを見た。その時、浜野は彼女の肩を抱いていた。彼女も嫌がるふうでもなかったから、妙だと思ったんだ……」

　一方フジはきっぱりと言った。

「入江さん、紅子さんはたぶん、浜野さんを焚《た》きつけて私から主役を取り戻すつもりです！」

「そんな口出しはさせるものか」

入江が苛立たしげにあしらったところで、今度はザクザクと土の路面を踏みしだく、婦《ふ》人靴《じんぐつ》のヒールの音が勢いよく近づいてくる。

「フジ！」

という大きな声に、今度は独楽子が思わず暖簾を上げてしまった。予想通り紅子の姿が目に飛び込んでくる。西洋風に結い上げた束髪《そくはつ》に、シルクのシャツとロングスカート。そして――きれいに紅色に塗られた爪。おそらく毎日塗り直しているのだろう。

彼女は女優然と立ち、あごを上げて挑発的に笑った。

「あんたに見られたことに気づいて追ってきてみたら。早速告げ口ってわけ？」

フジは顔を真っ赤にして言い返す。

「あ、あなたが役惜しさに変なことをするから！」

「そうでもしなきゃ主役を守れないからって、必死ね」

「そっちこそ！　出資者に頼んで無理を通そうなんて恥知《はじし》らず！」

「行儀《ぎょうぎ》悪い泥棒猫がよく言うわ！」

怒鳴り合う二人はどちらからともなく手を出し、つかみ合いを始めた。

往来を行きかう人々が足を止め、好奇心も露わに見物する。他の屋台の客も、暖簾をくぐって次々と顔をのぞかせる。火事と喧嘩《けんか》は江戸の花というくらいだ。このあたりで喧嘩はめずらしくない。だが美女同士となると話は別だ。

宵闇《よいやみ》の中、無数の提灯《ちょうちん》に照らされて、紅子もフジもすっかりいい見世物《みせもの》になっている。

そんな二人の間に、入江が身体《からだ》をねじ込むようにして割って入った。

「よせ！　こんな往来で！」

「フジ、やめろ！」

江藤もフジを羽交《はが》い締《じ》めにして引き離す。そうされながら、彼女は首をのばして叫んだ。

「どうしちゃったんですか、紅子さん！　あなたそんな人じゃなかったでしょう⁉」

紅子はフジをにらむ。そんな彼女を抱きしめる形で押さえていた入江が、間近から真剣な顔で問い詰める。

「……浜野と寝たのか？」

「――――……」

それまできつく輝いていた紅子の瞳が、ふいに力を失って視線をさまよわせる。

（…………っ）

暖簾《のれん》を下ろすのも忘れ、独楽子は固唾《かたず》をのんで見守った。その時。

近くから、「あら！」と意外そうな声がかかる。

「もしかして独楽子さん？」

焦って目をやれば、先月の百貨店への化け込みの際に知り合った、木下美津子《きのしたみつこ》がこちらを見ている。

飾り気のないメリンスの袷《あわせ》に下駄《げた》。仕事の帰りだろうか。

「独楽子さん。私よ、美津子」

見物人の人垣の中から手を振られ、冷や汗がにじんだ。再会は喜ばしいが、今は非常に立て込んでいる。

おそるおそる隣の屋台を見れば、入江と江藤、紅子、フジの四人が、ぽかんとした顔で独楽子を見ていた。

「あ……、あの、これは、ですね……」

しどろもどろで言い訳を探す。

凍りつく面々と、取り囲む人垣を目にして、何かおかしいと感じたのか。美津子は口を手で押さえた。

「もしかして新聞記者のお仕事中だった……？」

ごめんなさいね、と言い置いて彼女はそそくさと離れていく。後には恐ろしいほどの沈黙が残された。

「……新聞記者？」

紅子のつぶやきに、入江が続ける。

「どういうことだ？」

フジは東堂を見つめる。

「東堂さんが新聞記者だとは聞いていたけど……、まさか独楽子さんも？」

そのとたん、東堂が大きな身体を投げ出すようにして地面に土下座《どげざ》をした。

「申し訳ありません、フジさん！　俺の責任です！　俺がフジさんの写真ほしさに、乙羽さんに化け込み取材を頼んだんです！」

「なんだって？　じゃあ紅歌舞団の女優になりたいっていうのは――」

入江の言葉に、他の三人も独楽子を見る。

四人分の視線を受け止め、独楽子は観念した。もはやこれまで。

「紅歌舞団の門をたたいたのは、化け込み取材の一環でした。私の本業は新聞記者です。

――申し訳ありませんでした」

そう言って、独楽子も深々と頭を下げる。それは見世物の内にも入らないというのか、気づけば見物人の群れはきれいさっぱり消えていた。

（迂闊《うかつ》だった……）

たしかに美津子の家はあの近くだ。そんな偶然も起こりえた。

（でも、何もあそこで起きなくても……！）

独楽子はくちびるを強くかみしめる。返す返すも痛恨の極《きわ》みである。

紅歌舞団からの解雇及び凌雲館への出入り禁止を言い渡された独楽子は、東日新聞社で意気消沈していた。

西谷に報告したところ、紅子やフジの件については醜聞《しゆうぶん》寄りになってしまう、かといって新人女優として垣間見《かいまみ》た浅草オペラの裏側を書くにしても、せめて舞台に立つまででなければ中途半端になると、記事を書く前に不採用が決まった。

話を聞いた清隆も腕を組んでため息をつく。

「せっかく一ヶ月近く頑張ったのになぁ……」

「本当よ。毎日四時間の歌稽古《うたげいこ》と、休む間もない雑用に耐えたのに……」

自分の席で腕を組んだまま、彼はちらりと笑った。

「君は本当についているんだか、ついていないんだか、わからないな。たまたま聞き耳をたてていた時に主催者らが修羅場《しゆらば》をくり広げるなんて」

「おかげでバレてクビよ。紅子さんとフジさんのその後を追えないのも残念だけど、西欧で大人気だっていうオペラ作品を観られなかったのが非常に心残りだわ」

独楽子は肩を落とす。

「あらすじを聞いただけだけど、おもしろそうだったのよ」

「浅草オペラで『フィガロの結婚』をねぇ……」

清隆が苦笑まじりにつぶやく。そうだった。ここにも西洋文化に通じたインテリがいた。

独楽子は姿勢を正して訴えた。

「入江さん自身は本物のオペラ愛好家なのよ。ただ、今の日本にオペラを観る文化がない以上、『正しいオペラ』を無理やり押し付けてもしかたがないって」

「それは確かにそうだ。歌舞伎《かぶき》を観る文化のない外国人に勧進帳《かんじんちょう》を見せてもわからんだろうしな」

「私もオペラはほとんど知らないから、観てみたかったわ……」

またまたしょんぼりとして、独楽子は自分の机の上に突っ伏した。

オペラが観られなかったのも残念。加えて皆でひとつの作品を作り上げていく過程から、もう仲間ではないと、突然つまはじきにされたのもショックだった。いつの間にか、自分が思うよりも劇団への愛着が育っていたようだ。

あまりにも落ち込み過ぎて、その日は原稿にも手がつかなかった。相変わらずちょこちょこと発生する男性記者らの嫌がらせにも滅入《めい》ってしまい、定時の五時になるや、逃げるように会社を後にする。

「はぁ……」

ため息が止まらない。帰る途中でふと思いついて、独楽子は茶店で買ったお団子を手《て》土産《みやげ》に、上野広小路近くの吾楽座《ごらくざ》に立ち寄った。

そこでは富美もまた、江藤の舞台写真を見つめて悩ましいため息をついていた。

「うちもオペラをやりたいけど、こんな古くさい芝居小屋じゃ相手にしてもらえないわよねぇ。あぁ江藤様がうちの舞台に立ってくださったらなぁ……」

土産の団子を食べつつしみじみつぶやき、彼女は強く独楽子の肩をたたいてくる。

「それに比べたらあんた、江藤様としばらく同じ場所にいられたんだから幸せよ。元気出しなさいよ！」

独楽子は食べかけの団子を喉《のど》に詰まらせそうになった。

ゲホゲホとむせながらも、少しだけ前向きな気分が生まれてくる。

（そうよね。ひと月弱とはいえ、歌の稽古は毎日みっちりやったんだし……）

今なら浅草オペラの他の劇団に入団できるのではないか。とすればこの企画にももう一度挑戦できるかもしれない。

（他の劇団の求人を調べてみようかしら）

そう決意し、ようやく気分も浮上してくる。

翌日、出社した清隆が独楽子の席にやってきた。

濃鼠《こねずみ》色の三揃いの上着を脱いだ姿で、レコードを差し出してくる。

「一枚だけうちにあったよ」

「何？」

『フィガロの結婚』さ。他の曲はなくて、これだけなんだが……」

受け取ったレコードのケースには「戀《こい》の悩《なや》み知る君は」と書かれている。

「これ――」

レコードはプロの演奏を手軽に聴く手段として大変人気である。だが収録できる時間は短く、せいぜい五分程度。よって長いオペラ作品にしても一曲ずつ売っているのだろう。

だが江藤はこの曲が、聞かせどころのひとつだと言っていた。一曲でも聴けるのはうれしい。

「ありがとう……！」

レコードを抱きしめて破願《はがん》した独楽子にうなずき、清隆は上を指さした。

「資料室に蓄音機《ちくおんき》がある。聴いてみないか？」

独楽子は二つ返事でうなずき、いっしょに資料室がある三階に向かう。林立する本棚《ほんだな》と資料棚の奥に、清隆の言う通り蓄音機があった。

木製の事務机の上に置かれているのは、最近流行の、ラッパを本体に収めた携帯用蓄音機である。旅行などにも持っていける小さなものだ。

ハンドルでターンテーブルを回転させ、レコードをセットした後、そっと針をのせていく。ほどなく吹奏楽器の音がその場に流れ出した。しばらくすると華やかな歌声が響く。演奏の音色は豊かで、歌声は美しい。

「………」

外国語であるため内容はわからなかったが、メロディーが耳に残る曲だった。ぜひ紅子やフジの声で、そして日本語で聴いてみたい。

清隆と肩を並べて歌を堪能《たんのう》していると、ふいに東堂が姿を見せた。独楽子の前に立ち、気まずそうに口を開く。

「あの後、大変なことになったので、いちおう報告しておこうかと」

「大変なこと？」

「フジと紅子が舞台の上で直接対決することになったんです」

「対決って……歌でですか？」

「ええ。『フィガロの結婚』には『手紙の歌』という女性二人の合唱があるそうで、二人でその歌を歌って、どちらが上手《うま》いかを客に投票させようって企画で」

「お客さんに……⁉」

「紅子が言い出したことだそうです」

東堂は不服そうだった。

「彼女の方が人気がありますから、自信があるんでしょう」

「で、投票が多かったほうが次の主役ということ？」

「そうです」

（楽しそう……！）

好奇心をかき立てられ、独楽子は両手をにぎりしめる。一方、東堂は別の意味で拳をにぎりしめた。

「明日の『連隊の娘』昼公演の後にやる予定なんですが、俺は仕事を抜けてでも行きますよ。絶対フジに投票します！」

息まく相手に、独楽子はすかさず提案する。

「何を言うんですか。せっかくですし、取材に行きましょうよ」

「取材？」

「そんなおもしろそうな企画、記者として見過ごす手はありません！」

そう断言すると、隣で清隆もうなずいた。

「『人気の浅草オペラ、二大女優の歌唱対決』――文化面の記事になるんじゃないか？」

その方面の仕事には慣れていないのだろう。東堂が困惑まじりに見下ろしてくる。

「俺もいっしょに行っていいんですか？」

独楽子は大きくうなずいた。

「もちろんです。だって私……入れてもらえない可能性が高いもの……」

（そうだった。私、出禁なんだった……！）

遅ればせながらその事実を思い出した独楽子は、翌日、戦々恐々浅草に向かった。入江が言い渡してきた凌雲館への出入り禁止は、どれほど厳しいものなのか。こっそり客として入ることも許されないのか。

ドキドキしながら入場券を買おうと列に並んだ独楽子に、当然というべきか、売り子をしていた劇団員が気づいた。

「やだ乙羽さん。あなたはだめよ」

「そこを何とか！　どうしても二人の歌唱対決が見たいの！　お願い！」

両手を合わせて拝んでいると、騒ぎを聞きつけたフジが「何の騒ぎ？」と奥から現れる。

「フジさん……っ」

独楽子は笑顔で入場を懇願《こんがん》しようとするも、彼女は独楽子と東堂をじろりと見て、冷たく言った。

「出入り禁止の人は入れられないわ」

「でもフジさん――」

東堂が援護を試みてくれるも、彼女はツンと横を向く。

「何と言おうと、だめなものはだめ！」

そしてフジが中に入っていってしまうと、売り子はすまなそうに言った。

「ごめんなさいね……」

そして東堂にだけ入場券を渡す。東堂は高い位置でうなだれた。

「すみません……」

「いいのよ。私の分までしっかり観てきて」

こうなったらそう言うほかない。笑顔で東堂を見送って、彼の姿が見えなくなった後で、独楽子はがっくり肩を落とした。

（いやまぁ嘘をついていた私が悪いんだけど……！）

つまらない気分で、とぼとぼと人の多い六区の通りを歩いていたところ、ふと意外な人物の姿に気づく。

人波に流されるようにしてふらふらと歩いている、その人は。

「紅子さん……⁉」

三十分後には昼の公演が始まろうとしている、こんな時に――その後で歌唱対決まで予定されているというのに。なぜ主役がいまだに楽屋入りをしていないのか。

目を疑った独楽子はもう一度見る。やはり紅子だ。だが、どうも歩き方が変である。視線も定まっていないようだ。酔っているのだろうか？

独楽子は思わず駆け寄った。

「紅子さん、早く劇場に行かないと……っ」

近づいて気づいた。今日の紅子は、かなり厚めに白粉《おしろい》を塗っている。それでもひどく顔色が悪い。

「大丈夫ですか⁉　具合でも――」

そう声をかけると彼女は力なく独楽子を見つめた。視線の焦点が合いかけた瞬間、細い身体《からだ》から力が抜け、彼女は白目をむいて倒れ込む。

独楽子は悲鳴を上げ、骨ばった身体を強く揺さぶった。

「紅子さん！　紅子さん⁉」


独楽子は通りすがりの人に頼み、すぐ先にある凌雲館へ報せに走ってもらった。と、すぐに団員たちが駆け付けてくる。だがまもなく昼公演だ。ただでさえぎりぎりの人員でやっている上、公演の直前に主役がいなくなってしまった劇団に、紅子を病院に連れていく余力があるはずもなく、独楽子がタクシーで彼女に付き添うこととなった。

タクシーに乗る直前、入江に耳打ちされた行き先は、木造の二階建ての私立病院だった。敷地は広いようだ。学校の校舎に似ている。

連絡を受けていたのだろう。到着すると、すぐに看護婦が集まってきて自動車から紅子を降ろすのを手伝ってくれた。何とか彼女を車椅子《くるまいす》に乗せ、そのまま診察室へ運んでいく。

しばらく待合室のベンチで待ってたところ、やがて医師がやってきて目の前に立った。

「ご家族の方ですか？」

独楽子は立ち上がりながら首を振る。

「いえ、知人なんです。たまたま倒れた場に居合わせて……」

「そうですか。それではすぐにご家族に連絡を」

「はい。どのように伝えれば？」

「癌《がん》です。もう長くありません。もってあと一ヶ月ほど」

「――……」

独楽子は言葉を失った。癌は天然痘《てんねんとう》や結核《けっかく》のように社会に広く流行することはないが、その分謎の多い不治の病として知られている。

慌てて電話室に行き、震える手で凌雲館に電話をかけると、話を聞いた入江は昼公演の次の夕方公演が終わったらすぐ来ると返事をした。

二時間ほどたった頃、紅子が目を覚ました。意識はしっかりしており普通に会話ができたため、ひとまず胸をなでおろす。紅子は己の病状について理解していた。

「まったく、やんなっちゃうわよねぇ。好きでもない男と寝てまで治療費を稼《かせ》いだっていうのに、もう手遅れなんですって」

「出資者と密会していたのは、そのためだったんですか……？」

「じゃなきゃこの紅子様があんな成金《なりきん》、相手にするはずないじゃない」

投げやりな言葉に、その時、病室の引き戸を開ける音が重なった。

「劇団の金に手を付けただけじゃ足りなかったのか？」

姿を見せたのは入江である。独楽子は時計を見た。まだ夕方の公演は終わっていないはずだ。紅子も驚きに身を起こす。

「知秋さん、公演は⁉」

「江藤に任せてきた。――こんなに悪くなっていたなんて聞いてないぞ。おまえ……治療すれば良くなるって言ったじゃないか……！」

声を押し殺してなじり、入江は紅子を抱きしめる。

「アタシだってそう思ってたのよ！　でも……思った以上に悪化するのが早くて……」

彼の腕の中でうめき、紅子は顔を上げた。

「それより、劇団の金って何の話？」

「……おまえじゃないのか？」

「だから何の話？」

「……っいや、その」

虚を衝かれたように、入江はもごもごと説明する。

「三ヶ月くらい前から少しずつ劇団の金が減ってて……誰かが盗んでいるようだった。俺はてっきり、犯人はおまえで、その金を治療費に当てているのかと思って……」

紅子は彼の胸を強くたたいた。

「アタシじゃないわ！　アタシがそんなことするはずないでしょう⁉　知秋さんにとって、劇団がどれほど大切なものか知っているのに……！」

「じゃあ誰が……」

入江が困惑を見せる中、病室に劇団員の男が駆け込んでくる。

「入江さん！　大変です！」

「どうした。そんな血相を変えて」

「劇団の金が消えました！」

「消えたって……どういうことだ？」

「わかりません！　とにかくないんです。印鑑も、通帳も、夜公演の入場券を売るための釣銭《つりせん》まで全部！」

泡《あわ》を食った団員の報告に、入江は顔色を失った。

「江藤は？　鍵《かぎ》はあいつに預けたんだが……」

劇団員は首を振る。

「江藤さんは姿が見えません。――どこにいるのかもわかりません。下宿ももぬけの殻《から》で……」

「なんだって⁉」

入江が腕時計を見る。

「夜公演どうするつもりだあいつ……！」

紅子がきびきびと言った。

「知秋さん、すぐ凌雲館に戻って。お金がなくて、公演を指揮する人もいないんじゃ、みんな困ってるわ」

「すまん、また来る」

入江は劇団員とともに走って出ていく。急に静かになった病室で、紅子は枕に身体を預けた。

目を閉じ、大きく息をつく。

「まったく……」

「入江さんは早くから盗難に気づいていたようです。でも特に手を打たなかったみたいで……」

「馬鹿な人」

小さなつぶやきが空気に溶け込んだ。

「……でも大丈夫よ。彼にはオペラがあるから」

言外に、自分が死んでも、と匂《にお》わせフッとほほ笑む。

「知秋さんは、アタシの歌を有名にするために紅歌舞団を起《た》ち上げたのよ。『君の歌をみんなに聴いてもらいたい。なるべく多くの人に聴かせたい』って、何日もしつこく口説《くど》いてきて……」

「はい、皆が話しているのを聞きました」

「オペラを聴く感動を、アタシの歌で初めて知ったんですって。専門家は紛《まが》い物《もの》っていうけど、でも美しい歌とおもしろい物語には、人の心を動かす力があるって」

日本にはまだ、オペラの何たるかを知らない人間が圧倒的に多い。そんな中で高尚で難解な文化を広げるのは無理がある。浅草オペラを通じて、大衆にオペラを楽しむ文化が根付いたら、人々は自然に本物を求めるようになる。――独楽子も、入江がそう話すのを何度も聞いた。

「そうなったら、私も本物のオペラの世界に舞い戻るつもりでいたんだけど……」

紅子は眼差《まなざ》しを遠くしてつぶやく。病と一人で戦ったのは、いつか乗り越えられると信じていたから。その希望を失い、彼女は紅色に塗られた自分の爪を見つめた。

「あんたも行っていいのよ」

「え……」

「新聞記者だっけ？　仕事でやったことなんでしょう？　あたしは別に恨んでないわ。知秋さんの代わりにあたしが許すから、凌雲館にお入りなさいよ」

「――――……」

確かに紅歌舞団の皆が今どうしているのか非常に気になる。しかし主催者に出入り禁止を言い渡された身である。それにこの状態の紅子を一人で残していいものかどうか……。

彼女はずっと爪を眺めていた。こちらを見なかったが、独楽子の逡巡《しゅんじゅん》は察したのだろう。驚くほど力のない、柔らかくて陰の濃い声でつぶやいた。

「行って。うっとうしいの。今は一人にして」

日暮れ時に独楽子は凌雲館に着いた。夜公演が始まるまで、あと一時間もない。

紅子と江藤の降板を受けた入江は、大急ぎで公演の構成を立て直し、出演者たちもまた急いでそれを頭に叩き込んでいるはずだ。

入口に行くと、見習い達が例によって準備でてんやわんやだった。大幅な出演者の変更があったせいで、入場券売り場はいつもよりごった返している。

「こんにちは！　紅子さんにお許しを得て手伝いにきました！」

ダメ元で独楽子が声を張り上げると、売り子をしていた見習いが、今にも泣きそうな顔で迎えた。

「あぁ、独楽子さん！　ちょうどよかった。お客さんへの対応をお願い！」

「了解！」

そう、売り場がごった返している原因のひとつは、ひいきが見られないとはどういうことかと、口角泡《こうかくあわ》を飛ばして説明を求めるペラゴロ達である。

独楽子は彼らの熱心すぎる気持ちを宥《なだ》めるべく、「出演者は体調不良で倒れた。今後のためにも今日は大事を取って休んでもらおうではないか」と説明をくり返した。

それでも納得しない者には「無理して舞台に立てというのが愛なのか」と熱く説き、「俺は紅子を観るために仙台《せんだい》から来たんだ！　どうしてくれる！」と怒鳴られれば「しかたないじゃない！」と怒鳴り返す。

つらかったのは、「江藤様の具合はひどいんですか⁉」とペラゴリーナの集団に詰め寄られた時である。心配顔を見せるファンの中には冨美もいる。独楽子はただ「江藤さんは大丈夫です」とだけ答えた。

いくらか落ち着いてきた頃、売り場に戻ると今度は別の問題が生じていた。

「独楽子さん、釣銭が足りなくて……っ」

江藤が小銭まですべて持ち去ったためだろう。

「どうすればいいの？」

「借りてきて！　日本館《にっぽんかん》さんと金龍館《きんりゅうかん》さんと常盤座《ときわざ》さんにはもう借りたの。だから他から」

「わかったわ」

「借用書を書いてきてね。署名も忘れないで！」

「はーい！」

独楽子は走って幾つかの芝居小屋をまわる。こういう時、困った時はお互い様の下町人情はありがたい。紅歌舞団がすってんてんになった話は聞いているのだろう。皆、できる限りの協力をしてくれた。

十分な小銭を抱えて戻ると、声をかけなかった演芸場から、おにぎりの差し入れが山のように届いたところだった。

「腹が減っては戦《いくさ》はできねぇからな！　みんな、これ食って力つけてくれ！」

発破《はっぱ》をかける届け人のだみ声に、大きな歓声が起きる。

実際、突発的な出来事に対応するのに精いっぱいで、団員たちの食事は後まわしになっていたらしい。

手が離せない団員に代わっておにぎりを楽屋へ運んでいくと、独楽子は返す手でお湯を沸かし、大量のお茶をいれて配った。

ようやく一息ついたのは夜公演が始まってからである。

疲労困憊《こんぱい》でへたり込んだ見習いから聞き出したところによると、やはり劇団の金を盗んだのは江藤でまちがいないらしい。

「江藤さんは、以前から海外で勉強したいって口癖《くちぐせ》のように言っていたそうよ……。たぶんそれが理由じゃないかって、入江さんが……」

「じゃあどこにいるかわからないの？」

「ええ。今日は捜すどころじゃなかったけど、たぶんもう逃げているでしょうね……」

「――……」

入江に預かった鍵《かぎ》で事務室を開け、金を持ち出すなどという雑なやり方だ。あっという間にばれるのは本人も承知していただろう。金を持ってまっすぐ上野駅に向かい、汽車に飛び乗ったにちがいない。

見習いの女の子も不安そうにつぶやく。

「お金、ぜんぶなくなっちゃって、入江さんどうするのかしら……」

「そうね……」

ついでに紅子があの状態では、成金《なりきん》の出資者も手を引くかもしれない。それでなくても運営が厳しいと入江がこぼしていたというのに。

「――……」

独楽子の中でふつふつと、焔《ほむら》のような感情が湧き上がってくる。怒りとも、使命感ともちがう。ただ見過ごせないだけだ。そして自分はこういう時のために使える力を、わずかながら手にしている。

腕時計を見た。九時。急いで行かなければ。

「私、今日はこれで失礼するわね」

そう言って凌雲館を辞去すると、独楽子はまっすぐに東日新聞社に戻り、自分の机につくや猛烈な勢いで記事を書き始めた。


「独楽ちゃんは本当についてるなぁ！」

それが、翌日の新聞を目にした清隆の第一声だった。

寝不足の独楽子は目をしぱしぱさせてうめく。

「私の目の前で記事向けの騒動がやたらに起きること？　それとも、昨日急いで書き上げた記事を載せるだけの空《あ》きがたまたまあって、今日の新聞に記事を載せられたこと？」

「もちろん両方だ」

そう。本来歌姫対決の記事を載せる予定だったため、西谷はその分だけ空けて待っていてくれたのだ。

独楽子はそこに、「本来歌姫対決が行われる予定だったものの、当の歌姫のひとりである咲磨紅子が病に倒れて舞台を降板し、その混乱に乗じて主演俳優の江藤進が資金をすべて盗んで姿を消した。大変な事件がふたつ一度に起きた劇団は、昨夜は近隣の力を借りて乗り切ったものの、このままでは経営が成り立たなくなる」と記事に書いた。

東日は主に城東《じょうとう》を管轄《かんかつ》とする地元紙である。畢竟《ひっきょう》、読者は浅草から遠くない場所に住んでいる。日常的に六区に足を運ぶ人間も多いにちがいない。きっとその一隅での出来事に心を寄せてくれるのでは。――そんな期待である。

他方、東堂は不満顔だった。

「俺も記事を書いたのに！」

と、ボツになった原稿用紙の束を雑巾のようにぐしゃりと絞《しぼ》り、屑籠《くずかご》に放り込む。

「あなたの記事は、フジさんに焦点を当てすぎていたから……」

そう。実は昨夜、東堂も夜公演から帰って来るや、独楽子と同じように紅歌舞団で起きた一連のことを記事にしたためたのだ。しかし内容はフジが難局をいかに乗り切ったかに終始していたため、二つの記事を見比べた西谷は独楽子のほうを採用した。

「俺はいつも事件記事を書いていますから。文化面は畑が違うので勝手がわからなかっただけです。遅れを取ったわけではありません」

と、むやみに張り合いながらも、東堂は凌雲館に向かおうとした独楽子についてくる。もちろん記事の載った新聞を届けに行くのだ。

「昨夜のフジさんは本当にすばらしかったんです。あの人は逆境で真価を発揮する歌手なのだとしみじみ感じました……」

路面電車に乗って浅草に向かう間中、東堂は延々と語った。初めて会った頃は、必要なこと以外は何も話さない印象だったが——今も職場では非常に寡黙《かもく》だが、独楽子にはよく話をするようになった。

おそらくフジについて話せる相手が他にいないのだろう。これでフジの前に出ると緊張でほとんど話せなくなるから不思議だ。

浅草六区は今日も人が多かった。そして通りは煙のように薄く土埃《つちぼこり》が立っている。色とりどりの幟《のぼり》がうるさく翻《ひるがえ》り、にぎやかな呼び込みが響く中、道行く人々は皆明るい表情で庶民《しょみん》の遊び場を闊歩《かっぽ》している。

そんな人ごみを縫《ぬ》って凌雲館に向かい、フジを訪ねたところ、彼女はすでに東日を手にしており、神妙な顔で礼を言ってきた。

「読んだわ。この記事のおかげで寄付の申し出がすごいの。近隣の大店《おおだな》さんからペラゴロの人たちまで、色んな人がお金を送ってくださるんで、私達もありがたいやら恐縮するやらで。本当にありがとう」

今日の彼女は、美しい白絣《しろがすり》に紅赤の一重帯《ひとえおび》を胸高に締めている。娘らしさと同時に芯のある大人っぽさもあり、凛《りん》とした立ち姿によく似合っている。

入江が紅子の見舞いに行っているため、彼の留守中、フジがすべての来客に対応するそうだ。合わせてこれからは入江の補佐役として、劇団のあれこれを取り仕切っていくらしい。

「私に紅子さんや江藤さんの代わりをが務まるか、自信はないけれど、そうも言っていられないものね」

「フジさんならできると思います。人望も人気もあるし」

独楽子が言うと、東堂も横で大きくうなずく。

フジはしばし独楽子と東堂をじっと見つめた後に、しおれたように頭を下げた。

「……ごめんなさい」

「え？」

「昨日の昼公演の前、独楽子さんだけ帰らせてしまって……」

「それは私が出入り禁止だったから」

「ちがうの」

フジは首を振る。そして頭を上げた。

「独楽子さんと東堂さんが、やっぱり恋人同士だったとわかって、腹が立って意地悪をしたの。本当にごめんなさい」

独楽子は慌てて手を振る。

「それはちがうって言ったじゃないですか！」

「でも親戚《しんせき》で、二人とも新聞記者同士なんて……」

「こちらこそごめんなさい。親戚は嘘です。でも私に恋人はいませんから！」

はっきり言い切ったところ、東堂が意外そうに余計な口をはさんでくる。

「乙羽さんは、久我《くが》さんと交際しているんじゃないんですか？」

「はぇ？」

否《いな》。清隆はただの昔なじみである。しかし二人にじっと見つめられ——まちがいなく東堂を気に入っていながら、彼と独楽子が交際していると誤解しているフジに見つめられれば、ちがうとは言いにくい。

「……ええ、ジツハソウナノヨ……」

素人芝居《しろうと》さながらぎこちなくうなずくと、フジがぱっと顔を輝かせる。

「なんだ！　いやだわ。それならそうと言ってくれれば！」

ぽんと独楽子の腕をたたき、彼女はまっすぐ東堂を見上げた。

「東堂さん」

「はっ、はい……」

「私、結婚するなら絶対に会社勤めの、地に足着いた人とって決めているんです」

長いまつ毛に縁どられた大きな瞳が、獲物をねらう鷹《たか》の目のようにきらきらと輝いている。

「え？」

おもしろいほど目を丸くする東堂に向け、彼女はくすりと笑い、「では失礼」と軽く目礼して去っていった。立ち尽くす東堂の腕を、独楽子は肘でつつく。

「今夜も花を持って訪ねてほしいってことですよ」

　東堂はそれでもまだ信じられないといったていで、ぼんやりと華奢《きやしや》な背中を見送っていた。


　そして翌週、江藤進が神戸港《こうべこう》で警察に逮捕されたという報せが届いた。

　洋行《ようこう》を夢見て少しずつ劇団の資金を盗んでいた彼は、三週間前、入江に気づかれた様子だったため、とっさに紅子の私物を事務室内に置いて、彼女の仕業《しわざ》に見せかけたという。

それで盗みの件が発覚するかと思いきや、入江が見て見ぬふりをしたため、江藤も盗みを続けていた。そんな中、紅子が倒れて動転した入江に、事務室や金庫の鍵《かぎ》をすべて預けられたことから盛大に魔が差したという。

　楽屋を訪ねてきた清隆が、第一報を伝えてくれた。

「じゃあお金は戻ってくるの？」

「あぁ。乗船券の購入など、洋行の準備で減ってはいたが、向こうでの生活費も考えて、かなり残されていたそうだ」

「よかった……」

寄付されたお金も合わせればそれなりの額になりそうだ。しばらくは経営に困ることもないだろう。

清隆は中折れ帽子で自分を仰《あお》ぎながら言った。

「それより調子はどうだ？」

「久しぶりだから、少し緊張《しじゅう》しているかも……」

独楽子は、色鮮やかな刺繍《ししゅう》の入った白いエプロンを何度もなでる。

ほんのちょい役でも、舞台に上がることができれば化け込みの記事が書けると入江に頼み込んだ結果、コーラスガールの一人として紅歌舞団の舞台に立たせてもらえる運びとなったのだ。

西洋の村娘役である。それでも袖《そで》がふんわりと膨《ふく》らんだエプロンドレスの衣装は可愛《かわい》らしい。芋《いも》の子を洗うように混み合っている楽屋の中にいては皺《しわ》になってしまうかもしれないと、こうして廊下《ろうか》に立っている次第である。

「咲磨紅子が客席に来ていたよ」

「じゃあ病院から？」

「そうなんじゃないか？　入江氏が車椅子《くるまいす》を押していたから」

「ありがとう。ちょっと行ってくるわ」

このまま立っていてもしかたがない。独楽子はすぐさま客席に向かった。まだ客を入れていない時間である。紅子と少し言葉を交わすくらいはできるだろう。そう思ってのことだったが、甘かった。

紅子はすでに大勢の団員に囲まれていたのである。

人垣の後ろで近づく隙《すき》をうかがっていると、支度《したく》をすませたフジがやってきて手をたたく。

「みんな！　準備は終わったの⁉」

そんな声に全員バラバラと散っていく。独楽子もしかたなく楽屋へ戻った。

それでもその日は、紅子が来ているということで、みんな張り切ったようだ。

公演はとても熱のこもったものになった。独楽子は舞台の端で精一杯歌いながらそう実感していた。

もちろん観客の拍手もいつになく大きく長かった。

終演後、独楽子はこれといった失敗もなく終えられたことに胸をなでおろしながら袖に引っ込んだ。廊下に出て、みんなと一緒に楽屋に向かおうとしたところで、入江に肩をたたかれる。

「よかったよ」

彼は笑顔を浮かべた。皆から慕《した》われるいつもの笑顔である。しかしそこに以前の明るい屈託のなさはない。目の下にクマができているせいか、急に老け込んだようにも見える。

とはいえ瞳の熱は失われていなかった。

「さすがだな。舞台の上に立っても、まったく自然体だった。新人とは思えない落ち着きぶりだ」

「短い間でしたが毎日稽古《けいこ》を頑張りましたから」

「いや実際、記者を辞めてぜひうちに来てほしいくらいだ。もっと稽古すれば、君ならきっと芽が出る」

「――……」

あながち冗談でもなさそうな口ぶりに独楽子の胸が騒ぐ。これまでこんなふうに、誰かに必要だと言われたことはあまりない。

通りすがりの団員にたびたび挨拶《あいさつ》される入江は、手を上げてそれに答えながら、少し声を潜めた。

「実は……名作座に知り合いがいて、君の話を聞いたんだ」

「え?」

「ずいぶん尽くした相手が君を手ひどく裏切った上、それに抗議した君が追い出されてしまったと。劇団の中には、君に同情的な意見も少なからずあったそうだ。慰めになるかわからないが……」

「あ、いえ……」

私的な――それも少しも誇れない過去を噂《うわさ》されていたと知り、独楽子は耳まで赤くなる。

入江は声に力を込めた。

「うちなら君を大事にする。どうだろう？」

「ありがとうございます」

独楽子は赤くなった顔を手で扇《あお》ぎながらほほ笑んだ。

「でも、今は記者の仕事にやりがいを感じていて」

紅歌舞団を助けることができたのも、新聞に記事を書いたためだ。多くの人が読む新聞にはそれだけの力がある。

清隆の言う通り、世界を少しだけいい形にすることが――そこに問題があると理解してもらう、あるいはこのままでいいのかと問いかけをすることが、自分にもできるかもしれない。

そこには多くの可能性がある気がするのだ。そして自分も関わっていたいと思う。

はっきりとした独楽子の返答に、入江は「そうか」と苦笑した。

「……ところで、その名作座の知り合いから聞いたんだが、竹田某《たけだなにがし》は撮影現場で色恋の不祥事《ふしょうじ》を起こしてお偉いさんを怒らせ、早速つまずいたらしいぞ。入社して半年たとうというのに、まだ活動写真にデビューしていないのはそのせいだって」

「あらぁ……」

呆《あき》れて相槌《あいづち》を打つ。さもありなんとしか言いようがない。結局、どこに行っても同じことをやっているのだろう。

入江はそこで団員に呼ばれ、行ってしまった。

楽屋に戻った独楽子は、他の出演者のかまびすしいおしゃべりの中ですばやく着替え、荷物を持って出口に向かった。入江があれこれ事後処理をしているということは、と考えたのだ。

はたして、紅子はひとりで客席にいた。車椅子《くるまいす》に座り、舞台を見上げている。

「こんにちは。紅子さん」

「あら、誰かと思ったら」

近づいていくと、彼女はちらりと笑った。

「かわいかったわよ。後ろで必死に声を張り上げてて。でももう少し稽古が必要ね」

独楽子は恐縮して頭を下げる。

「図々《ずうずう》しいお願いを入江さんに聞いていただきまして……」

「いいのよ、気にしなくて。記事の件で何かお礼をしたかったみたいだから」

まるで紅子ではないかのように、穏やかにこちらを見つめる彼女は、すっかり痩《や》せて頬《ほお》骨《ぼね》が不健康に浮き出ている。それでもくちびるには紅を刷《は》き、爪もきれいに塗っていた。

しばしの沈黙の後、彼女は舞台を見上げる。

片付けのためか、舞台の緞帳《どんちょう》は上がっていた。西欧の城の中を描いた背景幕が吊られたままになっている。衣装さえ身に着ければ、今すぐにでも芝居を始められそうだ。

「……ねえ。いつか私の記事を書いてくれる？」

静かな眼差《まなざ》しが、そこにある見果てぬ夢をじっと見つめていた。

「小さい頃から歌が好きで、運良くぽんっと上京させてもらえて、外国の立派な先生に師事できて、十七やそこらで歌手デビューして、うまいうまいってみんなに褒《ほ》められて、アタシのことで頭がいっぱいな男と出会って、一緒に夢を追いかけて、幸せの絶頂でいなくなったオペラ女優の話を記事にしてくれない？」

「それはおもしろそうですね」

「あたしね、本当は佐久間《さくま》っていうのよ。佐渡《さど》の佐に久しいに間で佐久間。でも地味じゃない？　佐久間紅子。舞台女優って感じじゃないわ。だから漢字を変えてやったの。大輪《たいりん》の花のように咲き、美貌《びぼう》と芸に磨《みが》きをかけた咲磨紅子。いい名前でしょう？」

「紅子さんにぴったりだと思います」

心から同意したところで、「紅子」と声がかかった。

客席の入口から入江がやってくる。

「帰ろう」

彼女はうなずいて、独楽子を見上げる。

「ぱっと咲いて、ぱっと散るの。よく考えたら、この上なくアタシらしいわ」

瘦せこけた顔に浮かんだ笑顔は、まさに花のよう。そしてこちらに向けて手を振られると、鮮やかな紅色が花びらのように舞う。

去っていく二人の後ろ姿を見送る間、独楽子の視界はにじんだ涙に少しだけ歪んでいた。


その日、独楽子は紅歌舞団への化け込みの記事を書いた。

浅草オペラの人気劇団のひとつに、歌の素養がかけらもない状態で入団。毎日みっちり稽古をしつつ、雑用に追われる忙しい日々。まばゆく仰《あお》ぐ女優たちの活躍。そんな中で起きた看板女優の突然の降板と、主演俳優による資金の盗難。困難な状況の中、たくさんの支援が届き、何とか乗り切ったこと。

そして最後に、記者は何とか舞台の端に乗るという、ささやかな成功をつかんだのだった――。

完璧《かんぺき》だ。まるで小説のように完璧な起承転結である。

(やっぱり無理を言って形だけでも舞台に立たせてもらってよかった……!)

自画自賛しつつ、書き終えた原稿用紙の束を自信たっぷりに西谷のもとへ持っていく。

目を通した西谷は、地蔵のような顔にめずらしく小さな笑みを浮かべた。

「だんだんコツをつかんできたようだな」

「はい？」

「どう書けば僕がうんと言うか、よく理解した書き方だ」

「これまで二回も大修正しましたから……」

「これはいい記事だ。このまま行けるだろう」

「ありがとうございます！」

細かい修正はともかく、記事の内容が一回で認められたのは初めてだ。

独楽子は喜びにぐっと拳をにぎりしめる。

例によって五回に分けての連載である。当世大人気の浅草オペラを題材にしているとあって、初回から反響は大きかった。特に若者からの反応が多いようだ。独楽子の机には、読者からの手紙やはがきがひっきりなしに届いた。今まで自分では新聞を買っていなかったという若者が、「記事を手元に置きたくて、この新聞だけは小遣いで買いました」と報告してくれる。

独楽子はにへにへと顔を緩《ゆる》ませながら手紙を読んだ。

「まるで少女小説家のような人気じゃないか」

「ここは新聞社なんだがねぇ」

例によって聞こえよがしの嫌みも聞こえてくるが、そこは完全に無視して手紙の封を開けていく。

　ふと手元に影がさしたと思ったら、傍《かたわ》らに東堂が立っていた。彼は削《けず》った鉛筆を十本まとめて独楽子の机の上に置く。

「乙羽さんの化け込み記事が掲載された新聞は、売り上げが上々だったそうじゃないですか。新規読者を開拓するという主筆《しゅひつ》の目論見《もくろみ》が当たったようですね」

　持ち前の大きな声でそう言うと、先が丸まった鉛筆を何本か持ち去っていく。嫌みを言っていた記者たちは、白けたように黙った。

「………………」

　独楽子は、自分で削るよりも粗《あら》い、ごつごつとした凹凸《おうとつ》のある鉛筆の先を見つめて笑みをこぼす。結局ばたばたしていてフジの個人的な写真は得られなかったというのに、どういう風の吹きまわしだろう？

　一時間ほどしてから、独楽子はハンドバッグと今日の東日を手に会社を出た。取材である。

　すると会社の一階の玄関を出たところで東堂に声をかけられた。

「乙羽さん」

「東堂さん。あなたも取材ですか？」

それには答えず、彼はおもむろに頭を下げる。

「今まですみませんでした！」

「え、何が……？」

「色々と失礼なことをしたり、言ったりしました」

彼が言うには、編集部において自分はまだ若輩《じゃくはい》であり、先輩たちの振る舞いに追従《ついじゅう》せざるをえない雰囲気《ふんいき》があった。鉛筆を削らせた件についても、「お前も何かやれ」という無言の圧力を感じ、安易に同調してしまったと眉根《まゆね》に皺を寄せつつ弁解する。

「それに、女にちゃんと仕事ができるか懐疑的という言葉も撤回《てっかい》します。自分の驕《おご》りでした」

潔《いさぎよ》くあれこれを清算しようとする彼の姿勢に、独楽子はピンときた。

「……さてはフジさんと何か進展があったんですね？」

すると、東堂の強面《こわもて》がみるみるうちに赤くなっていく。なんてわかりやすい。

彼は直立不動で報告してきた。

「交際してもいいと、返事をもらいました！」

「それはおめでとう」

「彼女にはずっと輝いていてほしいんです。なるべく長く女優でいてほしい。そのために自分にできることがあるなら何でもやろうと決めました」

「家事も？」

端的に問うと、彼は眉根に寄せた皺をぎゅっと深めてうなずく。

「……必要があれば、家事も」

（愛だわ……！）

あの無理解及び無神経男をここまで変えてしまうのだ。愛とは実に偉大である。

独楽子は思わず笑顔になった。

「そうしてもらえたら、フジさんは、あなたに大切にされていると感じるでしょうね」

東堂は照れた様子で頭をかきながら返してくる。

「フジが連載を楽しく読んでいると言っていました」

「そう、それならこれ……」

独楽子は今日の新聞を渡した。

「最新話が載っている号。自分で持っていこうと思ったけど、預けるわ。フジさんにお礼を伝えて。私もまた観に行くけれど」

「はい」

手を振って彼と別れた独楽子は、取材相手と待ち合わせたカフェー「プランタン」に向かう。すると偶然そこに清隆の姿もあった。

今日は涼しげな練色《ねりいろ》の背広である。西洋風の籐椅子《とういす》に座っていた彼は、敷島を吸いながら手を上げてくる。

「やぁ。仕事か？」

三十路《みそじ》を越えているくせに、相変わらずさわやかな笑顔だ。

独楽子は隣の席に腰を下ろした。

「そうなの。西谷さんに頼まれて取材に」

「例の化け込み記事、反響がいいみたいだな。題材が題材だけに人気が出ると思っていたが」

「ありがとう。――それに改めてお礼も言わないと。最初に化け込みについて教えてくれたこと」

「俺は何も。チャンスに食らいついて、しゃにむに頑張って目的を果たしたのは君自身じゃないか」

「そう言われると気恥ずかしいわ……」

苦笑いを浮かべると、彼はゆっくりと敷島をふかした。紫煙《しえん》をくゆらせ、何気なく訊ねてくる。

「女優に未練はないのか？」

「芝居なら、記者生活の中でもする機会がたくさんありそうだから」

「大勢が観て、拍手を送ってくれる舞台とはちがうだろう」

「それはそうだけど……」

独楽子は小首をかしげて考える。

「何度か化け込みをして、台本のないお芝居のほうがおもしろいと感じたから。こっちのほうが私の性《しょう》には合っているみたい。それに、演技と記事の両方で誰かの力になれるのも魅力的だわ」

「そうか」

清隆はうれしそうに眼を細めてから時計を見た。

「もう行くよ」

中折れ帽子と鞄《かばん》を手に取り、立ち上がりかけたところで、ふと思いついたように「そういえば」と口を開く。

「東堂から、独楽ちゃんが俺と交際していると話していたと聞いたんだが……」

「あっ、それには色々事情があって……！」

東堂と独楽子の仲を疑うフジの誤解を解こうと、そういうことにした。独楽子は早口でそう説明し、手を合わせる。

「ごめんなさい、変なこと言って」

清隆は笑った。

「そんなことだろうと思った」

そして今度こそ「じゃあ」と去っていく。だがここで訊ねてきたということは、少しは気にしたのだろうか？

ふとそう思い、立ち去ろうとしている背中にイタズラ心でつぶやいてみる。

「もしかして、残念だったりする？」

彼は肩越しに振り向き、軽くほほ笑んだ。

「バレたか」

※

一ヶ月後。

出社した独楽子に、西谷が短く紅子の死を告げた。少し前に入江から編集部に電話があったという。

独楽子は椅子に座り、こみ上げる感情をしばらく整理した。

やがて鉛筆を手に取る。

紅子と約束したのだ。いずれ彼女の記事を書くと。

タイトルはもう決めてある。

独楽子は迷いなく原稿用紙に鉛筆を走らせた。

『浅草のプリマドンナ、逝《い》く』――と。

婦人記者S百貨店のデパートガールに化ける

其之一

上野《うえの》はS百貨店の女性店員に欠員が出たと、知り合いの紹介で××部の部長と引き合わされた記者、こういう募集は若いほど吉と、歳《とし》を五つごまかして愛想笑いをし、余計なことは言うまいと口を閉ざしていたのが功を奏したか。「週明けからいらしてください」と首尾《しゅび》よく進む。

月曜日、言われた通り七時に×階の売り場へ向かうと、指導係のTさんが待っていてお仕着せの縞《しま》の着物を渡してくる。「帯は勝手でいいけれど、色も柄もなるべく控えめに。あくまでもお客を立て、店員は黒子に徹するのが大事」とのこと。

畳《たたみ》敷きの控室で着替えて売り場に戻ると、Tさんから朝の準備についてひと通りの説明を受ける。まずは清掃《せいそう》から。一分の気の緩《ゆる》みもなく徹底的に、特にガラスケースは縁の木材まできれいに拭くこと。塵《ちり》ひとつ残さぬのはもちろん、ガラス面にお客の指紋がついた際にはその都度《つど》拭いて消すようにとの指示に、どこもかしこもピカピカで気持ちのよい百貨店の印象は、こうした努力によって維持されるものと接客の真髄《しんずい》を見る思い。

ほどなく商品の納品が始まり、それらを検品してガラスケースの中へ陳列《ちんれつ》していく。記者の担当は××売り場であったため、次々に持ち込まれてくる箱の中には銀製のピカピカな商品ばかり。西欧の舶来品《はくらいひん》も多くある。検品はTさんが担当し、新人である記者は陳列する係。手袋をはめて、こちらも指紋がつかないよう細心の注意を払う。落として疵《きず》でもつけたら何年もかけて弁償することになる。そう思えば持つ手はどうしても震えてしまう。

お店が開く九時近くなると、店員達はいっせいに声を出して挨拶《あいさつ》の練習。いい大人が「お早う御座《ござ》います」「いらっしゃいませ」と大きな声でくり返す様は学校の朝礼のようだが、これはあくまで発声の準備であり、実際に挨拶をするときはあくまで控えめに、そしてゆっくりとお辞儀《じぎ》をするのが百貨店店員の心得とのこと。細部まで行き届いた指南に身が引き締まる。

お店が開けば待ちかねたお客が入ってきて、挨拶をする店員をよそにお目当ての売り場にいそいそと向かう。お洒落《しゃれ》をしてしゃなりと歩く令嬢。幼い子の手を引いた母親。従者を連れた紳士。隠居《いんきょ》然とした老爺《ろうや》。異国の夫婦。様々なお客が目の前を流れていくのを、店員は背筋を正して迎える。

平日だというのに記者のいる売り場にも、ひっきりなしにお客が立ち寄っては、高価な××をああでもない、こうでもないと言いながら物色する。中には商品の講釈をするのを楽しむお客もいて、「さようでございますか、勉強になります」と拝聴する記者に、製造会社ごとの違いなど教示した後、気前よくふたつも購入していく。一体誰が買うのだろうと不思議に思うような××円もする瑞西《スイス》製の最高級××も品の好い紳士がお買い上げ。ただし紳士は代理にして、××は主人が使うものであるという。

十二時になると待ちかねたお昼。どこの売り場も店員達は交替で控室に戻り、持参した手製のお弁当を広げて休憩をとる。働く場所は呉服売り場や美粧室《びしょうしつ》、催事場と様々。

お客は裕福な方々とはいえ、店員は中流の出が多く、若い女性ばかりなのでお昼休みの控室は女学校の教室とさほど変わらない。

「ご年配のお客様に『素晴らしいセンスで御座います』と言ったら、『扇子？ そうね、貸してちょうだい』と答えが返ってきて焦ったわ」

「新しい言葉は相手を選んで使わなきゃ」

「お客様に試着を勧めて、『よくお似合いです』って何度も言っていると、自分もほしくなってきてしまわない？」

「買えるものならね」

等々、おしゃべりは時間いっぱい続く。デパートガールになったわけを問えば、やはり憧れの職業婦人になりたかったからとの答え。働くことへの親の理解があり、結婚を急《せ》かされていない者が多い様子。それを思えば中流は、女性の中でもっとも自由な立場ではないかとの結論で意見の一致を見る。

なお、売り場でお客の紳士に見初《みそ》められるだとか、貴婦人に見初められて息子の嫁にだとか、そういった話も枚挙にいとまがないそうで、デパートガールが人気のわけを、そこでも理解する。

午後はお客の入りも増えてさらに忙しくなる。「この会社の一番新しい型が見たい」「これは二十歳《はたち》くらいの若者には華美か」「瑞西製の××で××円以内の品はあるか」。次から次へとめまぐるしくやってくるお客に対応するうちに時間はあっという間に過ぎ、気づけば終業のチャイムが鳴る。お客の見送りと片付けを終えてようやく帰路につく。電車に乗る頃には、立ちっぱなしだった足が大根のようにぱんぱんに張っていた。

さて、珍妙な事件が起きたのは、初めて迎えた週末のこと。

その日は好晴《こうせい》の吉日。午前中から、はて今日は大売り出しかと誤認しそうな混みようである。店内は大分にぎやかで、記者のいる××売り場にも一人客や親子連れ、夫婦やらがひっきりなしに訪れてショーケースを覗《のぞ》き込み、あれを見たい、これを出せと言ってくる。

そんな中で記者は、商品を見るでもなく、客ばかりをジロジロと眺める不審な男に気がついた。これはよく用心しなければならない。何しろ陳列式の売り場で万引きと掏摸《すり》が横行しているのは、各新聞でも報じられている通り。常日頃の朝礼でも「万引きと掏摸に要注意」と言われている。

それとなく注視しているとその男、人混みに紛《まぎ》れてしまった。そうなると、そちらばかりを気にしてもいられない。記者はその最中にもお客から「店員さん、これと似た装飾の品をあるだけ見せてくれ」と声をかけられている。「はい、ただいま」と言われた通り似た××をガラスケースの上に並べていくと、お客は「こちらは色が云々《うんぬん》、こちらは形が云々」としきりにお悩みの様子。

にこにこと微笑《ほほえ》んでそれを見守りながら、記者は先ほどの怪しい男の姿を探すも見つからない。するとまた傍《かたわ》らから別のお客が「贈り物をしたいが、身体《からだ》の大きな男に似合う××はどういったものがあるかな」と訊ねてくる。そちらにも「はい、ただいま」と応対し、ショーケースの中から他と比べると大ぶりな品を手に取って、「こちらですと、体格の好い男性にもお似合いかと存じますが」と差し出してみる。

すると、その前に応対していたお客が「すまないが、迷って決められないのでまたにするよ」とすまなそうに頭を下げて売り場を離れていく。

「かしこまりました。またどうぞよろしく」

にこやかに応じてガラスの上に並べた××を片付けようとすると、ひとつ足りない。思わず「ア！」と声を上げて周りを見れば、先ほど不審な動きをしていた男が、キョロキョロしながら歩いている。

ドロボウ！　と叫ぼうとした、その瞬間、先に男が「あいつです！」と叫んだ。男が指さした先には、「迷って決められない」と言って去っていったばかりのお客の姿。指された側は、ぎょっとしたふうに飛び上がり、ポケットから××を出すと、こちらに向けて放り投げて逃げていく。あさっての方向に飛んで行った××を、不審な男が走って受け止めた。

記者が急いでその男の元に向かうと、相手は受け止めた××を差し出して「ポケットに入れる瞬間をたまたま目にしました。運が良かった」と、笑顔で渡してくる。

「ありがとうございます。おかげさまで大事な××をなくさずにすみました」

礼を言って売り場に戻ろうとした矢先、近くの別の売り場にいた女性店員Hさんがやってきて、険しい顔で男を見上げて言う。

「この方、A百貨店の××売り場の店員さんよ。先週、母の買い物に付き合った時に接客してくださったから覚えているわ」

はて、他店の店員がいては問題なのかと首をかしげていると、「鈍いわね」とHさんはあきれる。「うちのお客に声をかけて『Aはもっと品揃えが好く、もっと安い』と顧客を横取りしようとしているのよ」

Hさんは、記者と同じく先ほどから男の様子がおかしいことに気づいて見守っていたので間違いないと言う。すると男はあわてて「とんでもない。誤解です」と首を振った。

「確かに僕はA百貨店の店員ですが、今日はたまたま前を通りがかっただけ。あの万引き犯は常習で、うちも先週やられたんですよ。それで顔を覚えていました。さっきここに入っていくのを見て、さてはまた万引きをするつもりかと後を追ったのです」

記者は「それはご親切にどうも」と言いかける。しかしHさんは「焦って弁解する様がまた怪しい」とすっかり官憲《かんけん》の眼差《まなざ》し。「新橋《しんばし》にあるA百貨店の店員が、たまたま上野の商売敵《がたき》の前を通りかかった時に、たまたま顔を知っている万引き犯が入っていくのを見かけるとは、偶然にしてはできすぎている」などと怪しみ、S百貨店の上の人を呼ぼうとする。

男は弱りきった様子でHさんに「後生《ごしょう》です。客の引き抜きなどしていません。どうぞ穏便にすませてください」とすがる。それでも怖い顔のままのHさん。男は「よろしい。本当のことを申し上げましょう」と改まって語り出す。

「実は僕の妻がこのところどうも様子がおかしい。今朝もそわそわと外出の支度《したく》などしてやたら浮かれた足取りで出かけるものだから後を追ったのです。するとよりにもよって僕の友人とここで待ち合わせて中に入っていきました。捨ておくことができましょうか」

それで妻と相手の男ばかりを見ていたら、その途中で万引き犯に気づいたのだと必死に訴える。

さすがにHさんもすまないと思ったのか、「マァそれはお気の毒に」としおしお引き下がった。

男は「妻を見失い、万引き犯も出ていったよう。僕はここで退散します」と、エスカレーターで下りていく。事はそれで終わりかと思いきや、そうはならない。

男の釈明は何かおかしいと感じた記者、こっそりと後をつけていくと、なんと出口で履《はき》物《もの》を受け取る男の傍らに妻らしき女の姿。

記者が男を呼び止め、「その女性はどなたですか？」と訊いてみると、しどろもどろに答える。

「妻を見つけたので帰ろうとしたところです」

ところがその細君《さいくん》、「せっかくデパートに来たというのに、良人《おっと》は万引き犯を見つけたといって、私を置いていってしまったんですよ。ようやく戻ってきたと思ったら、今すぐ帰ると言い出して」と不満そう。

「お二人でいらしたんですか？」

「ええ、そうです」

記者と妻が話すのを、男は気まずそうに見守る。語るに落ちるとはこのこと。

「やはり本当はお客の横取りをしに来たのでは？」と問う記者の前で、ついに観念した男は名刺を取り出した。

「いいえ、本当にちがいます。実は僕はこういう者で」

そう言って記者に渡してきた名刺には、「××××」と有名雑誌の名前。

「あらマァ、雑誌の記者さん？」

驚く記者に男は神妙にうなずいた。

「つまり僕はA百貨店の店員になりすまし、化けこみ記事を書こうとしているのです。化け込んだはいいものの、なかなかこれといった出来事に恵まれず、何かおもしろい話はないかと悩んでいたところ、見知った万引き犯がS百貨店に入っていくのを見て、これは記事のネタになるのではと考えて追った次第。他意はありません。いわんやお客を取ろうなんて、これっぽっちも」と、汗をふきふき言う。

「そうとは知らず、マァとんだ失礼を」

謝する記者に男は「いやいや」と笑う。

「今度うちの雑誌に記事を書く予定ですから、その中で貴女《あなた》のことを書きましょう。『万引き犯から商品を取り返したところまではよかったが、その後怖いデパートガール達にはさまれて散々な目に遭《あ》った』とかなんとか」

記者は「オホホ」と澄まし顔で答えて夫婦を見送る。まったく事実は小説より奇なり。化けこみ記者の前に化けこみ記者が現れるなど、こんなおかしなことがあるとは。

ともあれ急いで売り場に戻った記者はもちろんTさんから「どこへ行っていたの！」と大目玉を食らう。

「万引きがあったので、犯人を追いかけて取り戻してきたところです」

手にしていた××を見せて言うと、Tさんは少しおとなしく「ひと言断ってくれなくちゃ」と小言《こごと》を続ける。

「でも万引きは多いから、よほど気をつけないと。世の中には万引きは女の犯罪などという論文が存在するそうだけど、そんなのは世間を知らない人が書いたに決まっているわ。男の万引きだって同じくらい多いのは新聞を読めばわかるでしょうに」と、男性客も多い××売り場の売り子をするTさんはブツブツと止まらない。

「そんな論文があるんですか？」
「ええ。『女は月経時《げっけい》に万引きしやすくなる』という学説よ。へそで茶を沸かす話よね。警察の発表では、去年捕まった万引き犯の数は男女でそう変わりがなかったもの。それなのに学説を真に受けて、男の客は万引きしないなんて信じているオジサマが、Ｓの偉《うち》い人の中にもいて参ってしまうの」

Ｔさん、めずらしく不満をポロリ。これまでの苦労がうかがえる。目を離さずに気をつけましょうと互いに言い合って仕事に戻る。

その日、帰宅した記者はもちろん一日のうちにあったことを思い返してメモを取った。そして××××の記者を思い出して忍び笑い。

××××と東日《とうにち》新聞、どちらに最初に化けこみ記事が載るかは分からぬものの、もし向こうの記事の中で「Ｓ百貨店で万引きを捕まえてやったのに、しつこく正体を追及してきたデパートガールがいた」などという記述があれば、それは取りも直さず当記者のことである。

【参考文献】

「明治大正昭和　化け込み婦人記者奮闘記」　平山亜佐子　左右社
「『女の世界』　大正という時代」　尾形明子　藤原書店
「『化け込み記者』下山京子再考―初期『大阪時事新報』の紙面から―」　松尾理也　京都大学大学院教育学研究科紀要　第66号
「一葉草子」　下山京子　玄黄社
「女のくせに」　中平文子　大阪工業大学知的財産学部水野ゼミ
「絵とき百貨店文化誌」　宮野力哉　日経BPマーケティング
「百貨店・デパート興亡史」　梅咲恵司　イースト・プレス
「丸善と三越」　寺田寅彦　青空文庫
「あゝ浅草オペラ：写真でたどる魅惑の『インチキ』歌劇」　小針侑起　えにし書房
「ローシー・オペラと浅草オペラ――大正期翻訳オペラの興行・上演・演劇性」　中野正昭　森話社
「浅草の灯」　濱本浩　コバルト社
「浅草オペラの生活」　内山惣十郎　雄山閣

※この作品はフィクションです。実在の人物・団体・事件などにはいっさい関係ありません。

集英社オレンジ文庫をお買い上げいただき、ありがとうございます。
ご意見・ご感想をお待ちしております。

● あて先
〒101-8050　東京都千代田区一ツ橋2-5-10
集英社オレンジ文庫編集部 気付
ひずき優先生

バケコミ！

婦人記者・独楽子の帝都事件簿

集英社
オレンジ文庫

2025年2月24日　第1刷発行

著　者　ひずき優
発行者　今井孝昭
発行所　株式会社集英社
〒101-8050東京都千代田区一ツ橋2-5-10
電話【編集部】03-3230-6352
【読者係】03-3230-6080
【販売部】03-3230-6393（書店専用）
印刷所　株式会社美松堂／中央精版印刷株式会社

ISBN 978-4-08-680602-2 C0193